혼자인 시간이 필요해

육아 탈출 미국 혼행기

KB024049

혼자인 시간이 필요해

저자 유진

초판 1쇄 발행일 2019년 11월 22일

기획 및 발행 유명종
편집 이지혜
디자인 이다혜
조판 신우인쇄
용지 에스에이치페이퍼
인쇄 신우인쇄

발행처 디스커버리미디어
출판등록 제 300-2010-44(2004. 02. 11)
주소 서울시 종로구 사직로8길 34 경희궁의 아침 3단지 오피스텔 431호
전화 02-587-5558
팩스 02-588-5558

혼자인 시간이 필요해
육아 탈출 미국 혼행기

유진 지음

디스커버리미디어

·········· 황제펭귄은 암컷이 알을 낳으면 수컷이 알을 품는다. 암컷은 그 사이 먹이를 물어온다. 새끼를 온전히 부화시키기 위해 암수 모두가 온 힘을 바친다니, 이 얼마나 아름답고 숭고한 모습인가? 퇴근 시간만 되면 발을 동동 구르며 집으로 가는 나는 갑자기 암컷 펭귄이 부러워졌다.

THE GREAT EAST RIVER SUSPENSION BRIDGE.

CONNECTING THE CITIES OF NEW YORK AND BROOKLYN.   VIEW FROM BROOKLYN, LOOKING WEST.

·············· 브루클린 다리를 찾은 또 하나 이유는 한 여성을 기억하기 위해
서다. 에밀리 로블링. 1875년, 그는 미국 여성 최초로 현장 책임자가 되어 다
리 공사를 지휘했다. 8년 후, 세상에 없던 현수교가 모습을 드러냈다. 바로
그 순간, 마차를 탄 에밀리가 처음으로 브루클린 다리를 건넜다.

·················· 나는 때때로 '그냥 혼자인 시간'이 필요하다. 일요일 아침, 육아
와 가사노동 그리고 감정노동에서 벗어나기 위해 나는 도망치듯 집을 나선
다. 딸과 남편을 집에 두고 동네 스타벅스 매장으로 터덜터덜 걸어간다. 아
쉬운 대로 그곳은 내가 온전히 혼자일 수 있는 공간이다.

·············· 일상은 '타자에게 강요된 속도로' 흘러간다. 이 강요된 속도에서 자유로울 수 있는 순간은 훌쩍 떠나온 여행의 시간 정도가 아닐까 싶다. 다행히 나는 지금 여행 중이다. 여행이 끝날 때까지 '나의 속도'로 모든 순간을 즐기고, 느끼고, 소유하고 싶다.

워킹맘, 글쓰기,
혼자 여행

나는 꽤 정적인 사람이다. 글쓰기가 적성에 맞는 셈이다. 하지만 난 24시간이 모자란 워킹맘이다. 워킹맘으로 살면서 글까지 쓰는 건 욕심일 수 있다. 내겐 살기 위한 몸부림이다. 글쓰기는 나만의 세계를 확보하는 가장 확실한 방법이다. 글을 쓰면서 비로소 나는 나를 알아가고 있다. 언젠가, 글쓰기만으로 밥벌이하는 날이 오기를 꿈꾼다.

꽤 정적인 사람이지만 그래도 일탈을 꿈꾼다. 나는 글쓰기와 여행이라는 두 날개로 난다. 가보고 싶은 곳이 생기면 언젠가는 그곳에 내가 있다. '비포 선라이즈' 때문에 빈에 있는 놀이공원엘 갔다. '이프 온니'를 보고 나서 런던아이를 탔다. '섹스 앤드 더 시티'의 캐리를 만나기 위해 뉴욕 그리니치 빌리지를 걸었다. 여행을 위한 여행을 하고 싶지는 않다. 나를 위한 여행, 나를 찾는 여행을 즐기고 싶다. 여행을 통해 만날 새로운 세계, 여행에서 발견할 또 다른 나를 꿈꾸며 오늘을 살아간다.

글과 여행. 나는 이 책에서 내 날개 두 개를 모두 보여준다. 두 번째 책인데도, 여전히 부끄럽고 민망하다. 부끄럼을 안고 내면 속으로, 워킹맘의 세계로, 내가 떠난 여행지로 당신을 초대한다. 같이 즐기고 공감해주길 기대한다. 작가는 내게 너무 큰 말이다. 그래도 나를 글 쓰는 사람이라고 불러 본다. 앞으로 더 좋은 글을 쓰고 싶다.

2019년 가을
햇살 좋은 동네 놀이터에서

목차

PART 1
펭귄도 평등 육아를 한다는데

PART 2
나는 어디에 있는가

PART 3
추억은 힘이 세다

PART 4
완벽하게 혼자인 시간

프롤로그

 퇴사하고 세계 여행, 제2의 인생, 직장인에서 여행가로. 이런 종류의 여행 수필 프롤로그를 읽을 때면 가슴이 두근거린다. 작가의 용기와 과단성이 부럽기도 하다. 하지만, 절대다수 워킹맘은 회사를 관둘 용기도 아이를 두고 떠날 배짱도 없다. 그저 하루하루를 버텨내고 있는 걱정 많고 책임감에 억눌린 우리네 언니이고, 동생이고, 친구다. 나 또한 마찬가지다. 오롯이 나만 생각해서 혹은 내 생각만으로 퇴사를 선택할 수도 떠남을 결정할 수도 없었다.

나는 내향형 인간이다. 혼자 있을 때 비로소 살아갈 힘을 충전할 수 있다. 그저 '혼자 있는 시간'이 조금 필요할 뿐인데, 그 소박한 바람마저 허락되지 않았다. 아침마다 치르는 전쟁 같은 아이 등원 준비, 출퇴근길마다 경험해야 하는 지옥철, 잠시만 자리를 비워도 쌓이는 사무실의 부재중 전화……. 매일 쫓기듯 살고 있다. 퇴근 뒤에도 편히 쉴 수 없다. 가사노동이 나를 기다린다. 아이가 잠이 들 때 나도 같이 곯아떨어지기 일쑤다. 그것으로 하루가 허무하게 끝난다. 워킹맘에게 온전히 혼자인 시간이 하루에 과연 몇 분이나 될까? 생리작용을 해결하는 순간마저 촌각을 다퉈야 하는 24시간 근무자. 나는 이렇게 대한민국의 흔한 워킹맘으로 겨우 살아내고 있다.

4년을 버티다 '돌아오기 위한 여행'을 떠나기로 했다. 10일 남짓이면 족했지만, 직장인인 내겐 열흘 휴가도 쉬운 일이 아니었다. 상사 눈치가 보이는 것은 둘째고, 누군가 날 대신해 일을 처리해 주는 것이 아니기 때문이었다. 아이가 네 살이 되던 해, 결국 나는 휴직하기로 마음먹었다. 건강도 챙기고 혼자만의 시간도 가져야겠다는 생각이었다. 그런데 휴직 이야기를 꺼내고 얼마 지나지 않아 팀장이 돌연 사직서를 내고 회사를 떠나 버렸다. 팀장이 공석인 채로 팀을 꾸려나갔다. 4개월 뒤 가까스로 새 팀장이 왔고, 회사는 떨떠름하게 내 휴직을 승인해줬다. 회사를 나가지 않아도 해야 할 일은 여전히 많았지만, 그래도 좀 살만했다. 아이가 어린이집에 있는 다섯 시간 남짓 혼자인 시간이 주어졌다. 이 시간은 입속에서 녹아내리는 바닐라 아이스크림 같았다.

이렇게 한 달 정도 흘렀을 때, 나는 강남고속버스터미널 지하에 있는 실내장식 소품 가게에서 우연히 뉴욕 사진을 보게 됐다. 자유의 여신상과 브루클린 다리. 그 순간 잊고 지냈던 '섹스 앤드 더 시티'의 주인공 캐리와 맨해튼 풍경이 가슴 속에 차올랐다. 그리고 뉴욕은 내게 자유와 맞닿아 있는 탈출구로 보였다.

"그래. 지금이라도 늦지 않았어. 나를 찾아 떠나자."

나는 그 사진을 사서 침실 한쪽 벽에 걸었다. 그때부터 나의 '뉴욕 앓이'가 시작되었다.

"뉴욕에 가겠다는 선전포고군."

결혼하던 해, 내 뉴욕 여행 계획이 무산된 것을 잘 알고 있는 남편이 말했다.

"응. 왠지 이렇게 해 놓으면 정말 떠날 수 있을 것 같아."

결심은 점점 확고해졌다. 대학원 강의가 끝나는 날 출발하는 뉴욕 행 비행기 표를 끊었다. 그렇게 나는 미국 여행 꿈을 한순간에 현실로 만들었다.

기혼자이다 보니 여행을 떠나려면 남편과 아이의 이해를 구해야 했다. 열흘이나 아이를 두고 떠난다는 생각에 마음이 짠해지는 것은 어쩔 수 없었지만, 이 여행은 혼자 떠나는 여행이어야 했다. 아이는 36개월이 될 때까지도 두 시간에 한 번은 잠에서 깨 울었고 나는 삼 년 넘게 깊은 잠을 이루지 못하고 있었다. 목 디스크 통증이 등까지 내려와 누워있는 것조차 힘들었다. 내 안에 에너지가 완전히 빠져나간 상태였다. 나에게는 혼자인 시간, 엄마가 되기 전의 나와 마주할 수 있는 시간이 절실했다.

그렇게 무너져 내린 몸과 마음을 이끌고 한국을 떠나 보스턴과 뉴욕에서 열흘을 보냈다. 그리고 시차 적응이 될 즈음 나는 일상으로, 그리고 엄마로 돌아왔다. 여행 중에는 지친 몸을 이끌고 의무감에 돌아다녔는데, 지나고 보니 그 모든 순간이 사무치게 그리웠다. 블루보틀 카페라테와 르뱅 베이커리 핫 초콜릿, 센트럴 파크에서 경험한 이매진 버스킹과 록펠러 센터 전망대에서 마주한 맨해튼 밤……

3년 뒤 나는 두 번째 미국 혼행을 감행했다. 처음부터 미국으로 떠날 계획은 아니었다. 복직 후 처음으로 긴 휴가를 사용할 기회가 생겼다. 덜컥 발리행 비행기 표를 예약했는데, 남편은 가격이 왜 이리 비싸냐는 반응을 보였다. 혼자 가는 여행이라 미안해하던 참에 그런 이야기까지 듣고 나니 출발하기도 전에 김이 샜다. 숙소 예약도 이미 마친 상태였지만 여행을 준비하는 설렘은 사라져 버렸다. 남편 말 한마디에 신경을 곤두세우는 나를 발견하자 이내 짜증이 밀려왔다. 이런 기분으로 출발을 한다면 여행 내

17

내 즐기지 못할 것 같았다. 나는 비행기 표와 숙소 예약을 취소해버렸다. 그렇다고 여행을 접을 순 없었다. 항공권 비교 사이트에 들어가 목적지 없음anywhere을 선택했다. 나는 시애틀행 비행기 표를 예약했다.

대학 시절, 내 아지트였던 학교 앞 스타벅스를 떠올려 보면, 두 번째 미국 여행에 목적지를 스타벅스 1호점이 있는 시애틀로 정한 것은 자연스러운 것이었다. 다른 도시를 거쳐야 하는 미국 국적기라 시카고에서 며칠 머무는 일정을 추가했다. 두 번째 미국 여행은 안타깝게도 날씨 운이 따라 주지 않았다. 시애틀에 있을 때는 시카고가 맑았고, 시카고로 이동하니, 시애틀 하늘이 갰다. 여행 내내 빗속을 걸었다. 날씨를 핑계 삼아 조금 게으른 여행자로 지냈고 낯선 도시에서 혼자인 시간을 즐겼다. 첫 혼행에서는 잔뜩 날이 선 채 경계 태세를 풀지 못했다면, 두 번째 여행에서는 스무 살의 나처럼 바람에 흔들리는 나뭇잎 하나, 구름 사이를 뚫고 나온 빛 한 줄기에 행복해했다.

내 미국 혼행은 '떠나기 위한 여행'이 아니라 '돌아오기 위한 여행'이었다. 탈출이기보다는 거리 두기였다. 조금 떨어진 곳에서 내 일상과 삶을, 그리고 나를 돌아볼 수 있는 시간이 필요했다. 그렇게 나는 미국에서 두 번의 가을, 온전히 혼자인 시간을 보내며 잊고 지내던 내 청춘의 기억과 만났다. 나로 채운 사백팔십 시간. 외향형 딸을 둔 내향형 엄마가 떠난 에너지 충전 미국 혼행 이야기를 이제 시작한다.

펭귄도 평등 육아를 한다는데

밥부터 먹자

대학 시절, 미국 드라마를 즐겨봤다. 보스턴 로펌을 배경으로 하는 '앨리 맥 빌'과 뉴요커가 주인공인 '섹스 앤드 더 시티'를 가장 좋아했다. 드라마 주인공은 모두 삼십 대 여성이었다. 나는 자유분방하고 자기감정에 솔직한 그들 모습이 좋았다. 코스모폴리탄 칵테일을 즐겨 마시는 '섹스 앤드 더 시티'의 캐리처럼 가끔 친구와 학교 앞 칵테일 바에서 블랙러시안을 마시며 그 삶을 동경했다. 미국에 가보고 싶다고 생각하게 된 것은 아마 이때부터일 것이다. 맨해튼은 세련되고 멋진 도시 여성의 삶 그 자체로 느껴졌다. 미국에 가게 된다면 앨리와 캐리가 활보하던 두 도시, 보스턴과 뉴욕에 가야겠다는 생각을 가슴에 품게 됐다. 말 그대로 막연한 기대였던 탓에 정말 미국 여행을 떠나기까지 십 년이라는 시간이 걸렸다.

맨해튼 어느 거리, 진이 언니가 길을 건너오라고 손짓한다. 마음은 급한데 신호등이 바뀌지 않는다. 언니는 연신 손짓을 한다. 진이 언니는 첫 직장에서 함께 일했던 동료다. 그때 말로 '골드 미스'였고 요즈음 말로 '비혼자'이다. 열 살 정도 나이 차이가 났지만, 나는 또래 동료보다 언니와 더 자주 술자리를 가졌다. 마음에 없는 말을 인사치레로 하는 사람이 아니라서 좋았다. 언니도 내가 하는 직언에 거부감이 없었다. 조금 솔직한 우리는 친구가 됐다. 내가 뉴욕에 도착한 날은 언니의 뉴욕에서 한 달 살기 프로젝트 마지막 주였다. "10년 근속 한 달 휴가, 그게 오기는 올까?" 이렇게 말한 게 엊그제 같은데, 언니는 지금 바로 그 근속 휴가 중이다. 나는 메일로 가보고 싶은 뉴욕 근교 지역을 언니에게 알렸다. 회신 내용은 간단했다.
"온전히 뉴욕에 있는 날은 7일 밖에 없는데, 그럼 뉴욕만 보기도 벅차. 근교로 나갈 시간은 없을 거야. 도착하는 날 보자."

드디어 신호등이 바뀌었다. 나는 한달음에 길을 건넜다.
"밥부터 먹자."
언니는 내게 다가와 특유의 빠르고 낭랑한 목소리로 말한다. 비행기로 열네 시간을 날아와 듣게 된 이 일상 대화는 무엇인가!

"뭐 먹을래?"

"글쎄요. 비행기에서 잠도 못 자고 피곤해서 아무 생각이 없어요."

"그냥 가까이 있는 식당 중에서 고르자."

언니가 앞장서 걷는다. 얼마나 갔을까? 언니가 뒤돌아서며 말했다.

"으음, 여기 괜찮겠다. 무난하게 중식으로 하자."

말이 끝나기가 무섭게 언니는 식당 문을 열고 안으로 들어갔다. 내심 현지 음식을 맛보고 싶었는데, 아메리카 대륙에서 첫 끼가 중식이라니……. 물론 진이 언니 말처럼 무난한 선택이었다. 간장소스를 기본으로 한 고기 튀김과 채소볶음 그리고 하얀 쌀밥이 뱃속으로 들어가자 피곤이 조금 풀리는 것 같았다.

"몇 시 버스야?"

"다섯 시 반이요."

"너무 늦은 거 아냐? 자리만 있으면 예약한 버스가 아니라도 태워 주지 않을까? 차라리 일찍 출발하는 버스를 타고 가는 게 낫지. 보스턴도 처음인데 너무 늦게 떨어지면 길 찾기도 힘들걸."

"그럴까요? 그럼 밥 먹고 바로 버스 타러 갈까 봐요."

언니는 내게 여행 스승이다. 내가 예전 직장을 그만두면서 홍콩을 같이 간 적이 있는데, 그때 언니에게 도시 여행 법을 배웠다. 여행할 때는 한정된 시간 안에 서로 다른 취향을 만족할 수 있어야 한다. 모든 일정을 꼭 함께할 필요는 없다. 취향이 맞는 곳은 함께 가면 되고, 의견이 모이지 않으면 잠시 따로 여행을 즐긴다. 밥은 혼자 먹는 거보다 만나서 먹는 게 좋다. 여러 가지 음식을 맛볼 수 있기 때문이다. 숙소는 여행 도중에라도 부담 없이 들를 수 있는 위치로 잡는 게 유리하다. 의도하지 않은 쇼핑으로 짐이 많거나 잠시 쉬고 싶을 때 숙소가 외진 곳에 있으면 난처하기 때문이다.

식당을 나와 바퀴가 성치 않은 투박한 여행 가방을 끌고 몇 블록을 걸어갔다. "뉴욕에 오면서 가방을 가득 채워 오는 사람이 어디 있냐?"고 핀잔을 주면서도, 언니는 대신 끌어 주겠다며 나섰다. 맨해튼 거리를 지나 메가 버스 타는 곳에 도착했다. 다행히 예약한 버스보다 앞서 출발하는 버스가 있다.

"먼저 출발하는 버스를 타도 될까요?"

나는 버스표를 직원에게 보여주며 말했다. 버스 회사 직원은 내가 내민 버스표를 확인하더니 좋다고 말했다. 나는 버스에 올랐고, 언니는 며칠 후 다시 보자며 발길을 돌렸다. 나는 버스에 앉아 총총히 사라지는 언니의 뒷모습을 바라보고 있었다.

"고마워요. 언니."

그래,
여기는 보스턴이야!

뉴욕행 비행기 표를 예약하고 내가 한 일은 숙소를 정하는 것이었다. 마음 같아선 '플라자 호텔'에 묵고 싶지만, 숙박비 압박에 호텔은 엄두도 내지 못하고 한인 민박을 알아봤다. 맨해든 5빈가. 위치도 여행하기 편리하고 위생 상태도 양호하다고 입소문이 난 민박으로 결정했는데, 내가 도착하는 날부터 이틀 동안 빈 침대가 없었다. 할 수 없이 도착한 날 보스턴으로 바로 이동해 이틀 밤을 자고 다시 뉴욕으로 돌아오기로 했다. 일정을 정리하고 나자, 가슴에 기분 좋은 물결이 일었다. 그래, 가자. 육아도 직장도 다 잊고, 미국 드라마 주인공 '앨리 맥빌'처럼 보스턴 거리를 활보해 보자.

밤 아홉 시, 열네 시간 비행 뒤에 뉴욕에서 진이 언니와 점심을 먹고, 다시 버스로 네 시간 반을 달려 보스턴에 도착했다. 이미 어둠이 도시를 덮고 있었다. 엎친 데 덮쳐 휴대전화 전원이 꺼져 있었다. 구글 지도를 볼 수 없으니, 숙소까지 걸어서 갈 수는 없다. 택시를 타기로 했다. 버스 터미널에서 시작해 기차역을 지나 큰길로 나갔다. 택시가 없다. 그 순간 건장한 남자 한 명이 내 앞으로 성큼성큼 걸어온다.

"어디로 가요? 날 따라와요."

그는 나와 낡은 여행 가방을 번갈아 바라본다. 행색과 말투가 도무지 택시 기사처럼 보이지 않는다. 나는 본능으로 그 사람과 반대 방향으로 내달렸다. 발목에 쇠 구슬을 달아 놓은 것처럼 걸음이 무겁다.

얼마나 달렸을까? 때마침 저 앞에서 택시 한 대가 온다. 나는 미친 듯 팔을 흔들었다. 택시가 멈추자 허겁지겁 올라탔다. 그런데, 택시 안도 당황스럽기는 마찬가지다. 앞좌석과 뒷좌석 사이가 교도소 면회실처럼 투명 플라스틱 벽으로 막혀 있다. 벽엔 딱 택시비를 주고받을 만큼 작은 구멍이 뚫려 있다.

'위험한 동네라 택시도 이렇게 생겼나?'

총기 사고가 많은 미국이기에 유독 두려운 마음이 컸다. 구멍 사이로 손을 뻗어 종이로 뽑아온 호스텔 주소를 기사에게 보여줬다. 택시 기사는 나를 숙소 앞에 내려주고 떠났다.

무사히 숙소에 도착했다는 안도감도 잠시, 날 따라오라고 했던 사내 목소리가 환청으로 떠돈다. 환청을 떨쳐내려고 고개를 세차게 흔들었다. 휴! 체크인을 마치고 공동 샤워실로 가 땀으로 흥건해진 몸을 씻었다. 사물함에 세면도구를 던지듯 놓고, 내 자리인 2층 침대로 올라간다. 종이 한 장 들어 올리지 못할 만큼 피곤한데, 좀처럼 잠을 잘 수가 없다. 남녀공용 방에 묵는 것이 처음도 아닌데 오늘따라 불안하다. 여성 전용이었다면 불안이 좀 덜했을까? 여행을 준비하면서 생각한 적 없는 막연한 긴장감이 나를 감싼다. 게다가 서울에 두고 온 아이가 자꾸 아른거린다. 혼자인 시간을 찾아 어렵게 미국까지 왔는데, 이게 무슨 자유를 찾아 떠나온 사람의 내면 풍경이란 말인가? 힘든 밤이다.

아침이 밝자 불안과 긴장감으로 얼어붙은 마음이 조금씩 녹아내린다. 창밖은 내가 그리던 보스턴 거리 그대로다. 베이글과 커피를 챙겨 햇살이 떨어지는 창가 자리에 앉았다. 피곤한 것 치고는 음식이 별다른 저항 없이 목구멍을 타고 미끄러져 내려간다. 커피가 미지근하게 느껴질 때까지 천천히 아침을 먹는다. 비로소 입가에 웃음이 번졌다.

"그래, 여기는 보스턴이야!"

기대와 현실,
하버드 야드에서 기념사진

'앨리 맥빌'은 미국 드라마 제목이자 이 드라마의 주인공 이름이다. 하버드 법대 출신 변호사 앨리가 겪게 되는 일과 사랑 이야기를 담은 로맨틱 법정 드라마였는데, 대학 시절 나는 멋진 30대 여성 변호사 '앨리 맥빌'에 푹 빠져 있었다. 미국 첫 여행지를 보스턴으로 정하게 된 건 8할이 앨리 맥빌 때문이었다. 솔직하고 자유분방한 앨리가 자신만만한 표정으로 거리를 걷는 장면을 떠올리며 보스턴으로 왔지만, 내가 보스턴에 대해 아는 것이라고는 '보스턴 차 사건'과 '보스턴 레드삭스' 정도였다. 그렇다고 내가 미국 역사나 야구에 조예가 깊은 사람도 아니다. 결국, 나는 찰스강을 사이에 두고 보스턴 서쪽에 있는 케임브리지에 가보기로 했다. 이곳에는 아이비리그 대학 중 하나인 하버드 대학교와 세계 최고 공과대학으로 인정받는 MIT가 있다. 보스턴이 교육 도시로 유명한 것은 처음 이곳에 정착한 영국 청교도들의 교육열이 높았기 때문이다. 세계 각지에서 온 수재들이 저마다 꿈을 꾸며 청춘을 불태우고 있을 하버드와 MIT의 분위기가 어떨지 자못 궁금했다. 유학하러 갈 수 있을 만큼 여유 있는 형편도 아니었는데, 어릴 때 나는 마음속으로 '미국에서 대학을 다니면 어떨까?' 수없이 생각했다. '케임브리지에 가면 그때 나와 마주할 수 있을까?' 하는 기대를 품고 지하철에 올랐다.

열두 시에 시작하는 캠퍼스 투어에 참여하고 싶어 서둘렀는데, 지상으로 올라와 방향을 제대로 잡지 못하는 바람에 시간이 많이 흘렀다. 하버드 야드Harvard Yard에 도착했지만, 이미 투어 시작 시각이 지나버려 하는 수 없이 혼자서 정해진 곳 없이 둘러보기 시작했다. 예상과 달리 지나가는 학생을 보기도 힘들었다. 피천득 『인연』에서 읽은 바로는 가을날 하버드 야드를 걸어가면 다람쥐가 사람을 쫓아와 먹을 것을 달라고 하고, 어떤 다람쥐는 호주머니에 기어오르기도 한다던데, 세월이 많이 흐르긴 했지만 내게는 다람쥐조차 다가오지 않았다. 발길 닿는 대로 걷다 보니 풀빛 잔디를 비웃듯이 붉은빛으로 물든 단풍이 다람쥐를 대신해 저마다 내게 손을 흔들 뿐이었다.

하버드의 가을

∙∙∙∙∙∙∙∙∙∙∙∙∙∙∙∙∙∙∙∙∙

발길 닿는 대로 걷다 보니
붉은 단풍이 손을 흔들어 나를 환영해준다.

짙어가는 가을 정취를 간직하고 싶은 마음에 한창 유행하는 '셀카봉'을 가방에서 주섬주섬 꺼내 들었다. 혼자 여행이라 셀카봉을 챙겨왔는데, 고즈넉하기까지 한 캠퍼스에서 셀카봉을 쳐들고 사진을 찍자니, 내 모습이 우스꽝스럽게 느껴진다. 겸연쩍은 마음에 자꾸 둘레를 살피다 문득 '이곳에 괜히 왔나?' 싶은 생각까지 들었다. 꽤 오래전 김한길이 쓴 『눈뜨면 없어라』라는 책에서 읽은 사진에 대한 작가의 생각이 머릿속에 떠올랐기 때문이다.

작가는 바다 공원에 갔다가 시간이 지나 입장을 하지 못했고, 'Sea life park'라고 쓰인 간판 아래에서 사진만 찍고 집으로 돌아갔다. 그리고 이 일이 그의 기분을 유쾌하지 않게 만들었다. 그는 사진 찍기를 별로 좋아하지 않는데, 그 이유를 "과거의 반짝하던 순간의 기억을 부둥켜안고 현재를 위로하며 사는 것이 비겁하다고 여겨졌기 때문"이라고 했다. 그는 이어서 "남겨도 좋을 어떤 순간을 찍는 것이 아닌 오직 남기기 위해서 어떤 순간을 연출해낼 때"는 더욱 사진기 앞에서 수줍음을 탄다고 했다.

내가 국제법 센터 앞에서 뒤에 보이는 건물과 내 얼굴을 겨우 스마트폰 화면 안에 넣고 억지웃음을 지어 보이던 그 순간이야말로 남겨도 좋을 순간이 아니라 남기기 위한 순간이었을 것이다. 이제 와 하버드 캠퍼스를 구경하는 것이 무슨 소용인지, 인증 사진 한 장이 과연 내게 무슨 의미인지 후회가 밀려왔다. 그러다가 우연히 캠퍼스 투어 중인 무리와 마주쳤다.

학생 가이드에게 시간에 늦어 신청은 하지 못했지만 같이 다녀도 될지 물었더니 흔쾌히 그러라고 했다. 와이드너 도서관, 메모리얼 교회, 그리고 메모리얼 홀에 대한 이런저런 이야기를 들려주던 학생 가이드는 존 하버드 목사 동상 옆에서 마무리 인사를 했다. 존 하버드 동상이 미국 내 두 번째 사진 명소니 사진 찍는 것을 잊지 말라고 했다. 첫 번째는 자유의 여신상이라는 말도 덧붙였다.

동상 왼발을 만지면 3대 안에 하버드 대학에 입학할 수 있다는 미신이 있어 나처럼 관광객으로 보이는 이들이 줄을 서서 발을 만지며 사진을 찍었다. 청동색 동상이었는데 사람 손을 많이 탄 두 발끝만 금색으로 반짝반짝 빛나고 있었다. 셀카봉을 가방에서 꺼낸 순간부터 느낀 겸연쩍음이 이어져 굳이 그 발을 만지기 위해 길게 늘어선 줄에 끼지 않았다. 나는 하버드 동상을 등지고 천천히 걸었다. 미국 유학을 꿈꾸던 어린 시절의 소망을 뒤로 한채 성경 한 구절이 새겨진 문을 지나 현실 세계로 터벅터벅 걸어 나왔다.

시간을
돌릴 수 있다면

하버드 야드를 나와 매사추세츠 애비뉴를 따라 걷기 시
작했다. 얼마 지나지 않아 케임브리지 시청사가 보였다. 날씨가
좋을 때는 시청사 앞 잔디밭에 누워 책을 읽거나 이야기를 나누
는 사람이 많을 테지만, 오늘은 잔디밭이 텅 비어 있다. 먹구름 가
득한 회색 하늘을 탓하며 나도 그냥 지나친다.

이윽고 MIT라는 이정표가 보인다. 걷다 보니 동심을 간직한 아
이 그림에서나 나올법한 기하학적인 건물, 스타타 센터Stata Center
가 보이기 시작했다. 돌 벽면에 뭐라 이름 붙여야 할지도 모를 각
진 철면을 덧붙여 놓은 모양새다. 깍둑썰기한 감자를 무심히 반
죽에 붙여 튀겨 낸 핫도그처럼 말이다. 공과대학으로 유명한 이
곳에 잘 어울리는 건물이고, 조금 전까지 머물다 온 하버드 야드

와는 인상이 정말 대조된다.

대학교 건물을 보니, 문득 스무 살 어느 하루로 돌아가는 상상을 하게 된다. 나는 영문학을 전공하고 있다. 오월 어느 날, 잔디밭에 누워 파란 하늘을 바라본다. 낮잠을 자며 게으름도 피운다. 가보고 싶은 곳이 생겨 그곳으로 훌쩍 여행을 떠나기 직전이다. 스무 살의 나는 지금 나보다 신중히 말하고, 감정에 대해서는 지금 나보다 더 솔직히 표현한다. 다른 사람 눈치를 살피는 일보다 내 기분을 돌보는 일에 집중한다. 해야 하는 일에 시간을 쓰기보다는 하고 싶은 일을 하는 데 시간을 투자한다. ……상상만으로도 기분이 좋다. 문득 스무 살처럼 살고 싶다는 생각이 샘솟는다.

스타타 센터를 오른쪽에 끼고 돌았다. 뒤쪽보다 훨씬 복잡한 앞태가 드러난다. 계단식 원형 광장, 공상 과학 영화에서 본 듯한 우주선 모양, 레고 같은 비정형 사각형까지 건물이 여러 얼굴을 하고 있다. 기울고, 뒤틀리고, 기하학적인 형태가 낯설고 당혹스럽지만, 한편으로는 은근히 통쾌하다. 이 건축물을 설계한 사람은 프랭크 게리다. 상식을 깨는 이 건축 형식은 새로운 사고방식과 자유로움을 한껏 펼치며 연구가 이루어지기를 바라는 프랭크 게리의 철학을 반영한 것이다. 프랭크 게리는 기존 건축 격식을 가

MIT 스타타 센터

....

기울고, 뒤틀리고, 기하학적인 형태가 낯설고 당혹스럽지만,
한편으로는 은근히 통쾌하다.

능하면 배제했다. 여러 형태를 혼란스럽게 콜라주한 건축 형식은 스페인 빌바오 구겐하임 미술관, 로스앤젤레스 디즈니 콘서트홀에서 절정에 이른다.

프랭크 게리가 던져놓은 '자유로움'에 고무되어, 일어나지 않을 몽상을 이어간다. 도서관에서 죽치고 앉아 시와 소설, 고전이라고 부르는 책을 손에 잡히는 대로 읽는다. 잠시 고개를 들었는데 처연한 눈을 가진 한 남자가 시선 속으로 들어온다. 그 사람이 궁금하다. 먼저 말을 걸어볼까 주저하는 사이 그는 사라지고 없다. '다시 그를 마주치게 되면, 꼭 말을 걸자.' 내심 이렇게 다짐하며 해가 질 즈음 도서관을 나온다. 지하철 개찰구를 통과해 타는 곳으로 내려왔다. 무심코 고개를 돌린다. 그가 옆에 서 있다. 눈이 마주쳤다. 나는 먼저 인사를 건넨다.
"아까 도서관에서 봤어요. 다시 보게 되면 꼭 말을 걸고 싶었는데, 저랑 맥주 한잔하실래요?"

멀리 떨어진 잔디밭에 서서 스타타 센터를 다시 바라본다. 원기둥 모양 벽과 직각 모양 벽의 어우러짐은 마치 과거와 미래의 시간이 한자리에서 만난 것처럼 아득하게 느껴진다.

핼러윈,
보스턴을 걷다

10월 31일, 핼러윈 데이다. 핼러윈 행진이 유명한 뉴욕이 아니라 보스턴에서 있는 것이 못내 아쉽다. 찰스강 남쪽 비컨 스트리트를 걷고 있다. 고즈넉하기까지 한 주택가에서 뜻밖에도 핼러윈 장식을 원 없이 봤다. 신기한 마음에 어귀에서부터 사진을 찍는다. 호박 속을 파내고 만든 잭 오 랜턴, 앞마당을 휘감고 있는 솜 거미줄, 뼈가 앙상한 해골까지 즐비하다. 밤이 되면 동네 꼬마들이 사탕 바구니를 들고 저 문을 두드리며 말할 것이다. "트릭 오어 트릿 Trick or treat."

주택가 중간 즈음 지나자 비슷비슷한 장식에 조금 싫증이 난다. 사진은 찍지 않고 눈으로만 담는다. 드디어 프리덤 트레일이 시작되는 코먼 공원 입구에 닿았다. 프리덤 트레일은 미국 독립과

관련이 깊은 역사 장소 열일곱 곳을 지나가도록, 바닥에 붉은색으로 안내 선을 그려놓은 걷기 코스이다. 코먼에서 시작해 선을 따라 걸으며 중간중간 인증 사진을 남겼지만, 나는 별다른 감흥을 느끼지 못했다. 이 사진들은 내게 부질없는 것일지도 모른다는 생각이 들었다. 나는 육아 탈출을 외치며 이곳까지 왔다. 백인 남성의 자유, 재산권 행사의 자유를 쟁취하기 위한 미국 독립 사적지는 내게 특별한 감동을 주지 못했다. 그래도 나는 끝까지 걸어가 핼러윈 파티를 시작하고 있는 찰스강 북쪽 벙커힐 앞 광장에 섰다.

각양각색으로 분장을 한 아이와 부모들이 광장을 가득 메우고 있다. 핼러윈 축제는 영국계 이민자들이 들여온 켈트족 풍습이다. 영국계 이민자 정착지인 보스턴에서 10월 31일을 보낸 것에 의미를 부여하는 것으로 헛헛한 마음을 달랜다.

사실 나는 걷기를 썩 좋아하지 않는다. 남편과 나는 '걷기'를 놓고 자주 생각이 갈린다. 아직 '썸' 타는 사이였던 우리가 신촌에서 늦게까지 술을 마신 날이었다. 지하철 막차는 이미 끊겼고, 현대백화점 앞으로 걸어가 택시를 잡기 위해 한참을 서 있었다. 10분이 지나도 택시가 잡히지 않자, 남편은 내게 한강 다리를 걸어서 건너가 여의도에서 택시를 잡자고 했다. 나는 그때까지 한 번도 걸어서 한강 다리를 건너본 적이 없었다.

내가 걸어가기엔 거리가 멀다고 말했더니, 자기는 몇 번 걸어 봤는데, 걸을 만했다며 나를 설득했다. 그 말을 믿어 보기로 했다. 이미 한참을 걸었는데 겨우 서강대교의 시작이었다. 다리 위를 걸으니 바람이 찼다. 남편은 자연스레 내 손을 잡았고, 자기 주머니 속에 맞잡은 손을 넣었다. 드디어 다리 끝이 보였다. 여의도 공원 앞에서 내가 먼저 택시를 타고 출발했다.

'이게 무슨 개고생이람.'

택시 안에서 내가 한 마음속 첫 마디였다.

여행할 때면, 나는 조금 다른 사람이 된다. 누가 권하지 않아도 곳곳을 걸어서 탐색하기를 즐긴다. 낯선 도시 골목골목을 들여다보기에 걷기만큼 좋은 이동수단은 없다. 마음이 머무는 곳에 멈추면 몸도 머물고 생각도 머물 수 있다. 강바람을 뚫고 5km 남짓한 거리를 걸어왔지만, 또다시 프리덤 트레일을 따라 걸어 여기까지 왔다.

벙커힐 광장에 멈춰 서서, 보스턴 사람들을 바라본다. 나는, 내가 이 축제에 참여할 수 없는 한낱 관객, 그리고 여행 중인 이방인에 불과하다는 사실을 아프게 깨닫는다.

보스턴엔
영국의 향기가 흐른다

나는 어느 나라 어느 도시에 가든 스타벅스에 한 번쯤 들르는 습관이 있다. 어디에서나 비슷한 내부 장식과 익숙한 커피 맛이 여행자인 내게 마음의 안정을 준다. 보스턴 코먼 공원 근처에 있는 스타벅스 매장은 천장 몰딩과 조명이 상당히 고풍스럽다. 어느 시대 양식인지 정확히 알 수는 없었지만, 은근히 영국을 떠올리게 했다. 나는 자리를 잡은 뒤 따뜻한 카페라테 한 잔을 시켰다.

닉네임을 물어보기에 '레슬리'라고 답했다. 보통은 'Lesley'라고 적는데 직원은 'ley'인지 'lie'인지 되물었다. 레슬리Leslie라는 이름은 대학을 졸업하고 영국 본머스에서 1년 정도 지내면서 쓰기 시작한 영어 이름이다, 보통 'lie'는 남자, 'ley'는 여자 이름으로 쓴다. 그런데도 내가 'lie'를 쓰는 건, 내가 좋아하는 장국영의 영어 이름이기 때문이다. 그 역시 그가 좋아했던 배우 레슬리 하워드Leslie Howard, 영화 '바람과 함께 사라지다'에서 스칼렛이 사랑하는 애슐리의 이름을 따라 영어 이름을 지었다. 나는 'lie'라고 답하고 자리로 돌아왔다. 일회용 잔에 'Leslie'라고 쓴 커피가 나왔다. 커피 향이 좋다. 커피 냄새를 맡은 세포가 활성화되는 것일까? 노곤한 몸이 활기를 찾은 듯하다. 서둘러 커피를 입으로 가져 갔다. 고지방 우유를 쓰는지 풍미가 한국에서보다 더 진하게 느껴진다.

나중에 알게 된 사실이지만 보스턴이언Bostonian은 으레 던킨도너츠 커피를 즐긴다고 한다. 『라오스에 대체 뭐가 있는데요?』에서 무라카미 하루키는 보스턴이언에게 그 이유를 물어보면, 그저 "글쎄 잘 모르겠는데. 그냥 옛날부터 그랬어."라고 대답할 것이라고 짐작했다. 보스턴이언을 대신해 내가 납득할 만한 이유를 찾아보자면 던킨도너츠가 이 지역에서 시작한 기업이라는 사실 정도이다. 그냥 옛날부터 그랬다는 보스턴이언의 예상 답안은 보스턴 역사와 삶의 방식을 말해주는 것 같다.

보스턴은 미국 역사가 시작된 곳이고, 그 역사의 중심에는 종교의 자유를 찾아 떠난 영국 청교도들이 있다. 예전부터 그래왔던

던킨도너츠

....

보스턴 사람들은 으레 던킨도너츠에서 커피를 마신다.
납득할 만한 이유를 찾아보자면
던킨도너츠가 이 지역에서 시작한 기업이라는 사실 정도이다.

것, 명확한 이유는 없지만 그 관성과 속력을 따르는 것, 이것이 내가 짧게나마 영국에서 생활하면서 본 그들의 생활 방식이었다. 보스턴은 영국계 이민자들이 터를 잡은 뉴잉글랜드 지방이니, 이 도시에서 영국과 비슷한 느낌을 받는 것은 자연스러운 일이 아닐까? 그리고 이날 케임브리지와 보스턴을 거닐며 내가 느낀 친숙함은 이곳이 영국과 닮아있기 때문일 것이다.

커피로 몸을 녹이며 잠시 창밖을 바라봤다. 아직 풀빛을 잃지 않은 나무와 단풍이 든 나무가 나란히 서 있다. 가까이 서 있지만, 겨울을 준비하는 빠르기는 제각각이다. 나무가 질투심 많은 붉은 색소들 농간에 빠져 성급하게 광합성을 멈추고 겨울맞이를 끝낸 것 같다. 보통의 보스턴이언처럼 으레 던킨도너츠로 가지 않고 이곳에서 커피를 마시고 있는 이 사람들은 '그냥 옛날부터 그리한' 관성에서 비켜난, 성급하게 광합성을 멈춘 저 창밖 단풍나무 같은 사람일까?

펭귄의
평등 육아

하버드 스퀘어에서 거리를 둘러보다 책방 앞에 섰다. 나를 찾아 떠난 여행이건만 집 떠난 지 하루도 안 돼 호스텔에서 잠 못 이루며 아이 생각을 하고 있었다. 아이는 거리 간판이나 텔레비전 자막에 관심을 보이며 자연스레 한글을 읽을 수 있게 되었다. 어느 날 'Hi Seoul'이라는 글자가 적힌 택시를 보고, "엄마, 하이마트 표시가 왜 택시에 있어?"라고 말한 적이 있다. 적당한 그림책을 하나 사다 아이에게 읽어 주면 좋겠다는 생각으로 책방 안으로 들어갔다.

1층 역사 코너를 잠시 기웃거리다 아래층으로 내려갔다. 헌책 서가에서 아이에게 줄 책을 고르기 시작했다. 선택지가 너무 많으면 결정 장애가 생기는 탓에 꽤 오랜 시간 책꽂이 앞을 서성였다. 드디어 『Baby Penguin』이라는 책이 눈에 들어왔다. 바다 세계 도서관Sea World Library 전집 중 한 권이었다. 책 뒷면에는 멸종 위기에 있는 바다 동물에 관해 배우는 기회가 될 것이라는 안내가 있었다.

황제펭귄이 어떻게 부화하는지에 대한 이야기였는데, 이 책을 읽고 그때까지 내가 몰랐던 사실을 알게 됐다. 황제펭귄의 경우, 암컷이 알을 낳아 수컷에게 주면 두 달 정도 수컷이 발등 위에 그 알을 품고 있다는 것이다. 무사히 부화한 뒤에도 아기 펭귄은 추위를 견딜 수 있을 정도로 살이 찔 때까지 아빠 펭귄 발등 위에서 지낸다. 알이 부화할 수 있도록 품어 주는 것은 으레 암컷이 하는 일이라고 여겼는데, 이것은 내 고정관념이었다. 조류는 수컷이 알을 품어 부화시키는 경우가 생각보다 많다. 암수 둘 중 한쪽은 알을 품어 그 자리를 지키고, 나머지 한쪽은 먹이를 물어 와야 한다. 이렇게 하지 않으면 적들로부터 알을 보호할 수 없고, 알을 지키는 암수 중 한쪽에게 먹이도 물어다 줄 수 없기 때문이다. 새끼를 온전히 부화시키기 위해 암수 모두가 온 힘을 바친다니, 이 얼마나 아름답고 숭고한 모습인가?

암컷과 수컷의 눈물겨운 공동 헌신을 삼십 년 넘게 모르고 산 것은 아마도 내가 포유동물이기 때문일지도 모른다. 암컷이 뱃속에 새끼를 품고 다니는 포유류는 교미 후 암수가 떨어진대도 암컷 혼자 새끼를 낳고 길러낼 수 있다. 새끼가 다 자라 세상에 나오기까지 수컷이 하는 일이 거의 없어도 된다는 의미다.

나 역시 아무리 떠올려 봐도 내 유년 시절의 아버지는 희미하다. 내 기억은 온통 엄마뿐이다. 엄마는 다리에 깁스를 한 열세 살 딸을 3층에서 업고 내려와 학교까지 데려다주셨다. 수능 시험이 얼마 남지 않았을 때였다. 어쩌다 엄마가 감기에 걸렸다. 행여 내게 감기를 옮길까 싶어 엄마는 끼니마다 자신이 쓴 수저와 밥그릇을 삶아 소독하는 수고를 마다하지 않으셨다. 대학생 때는, 매니큐어가 마를 때까지 밥을 먹을 수 없다는 스물두 살 딸에게 식기 전에 먹으라며 손수 밥을 떠먹여 주기까지 했다.

되돌아보면 나도 그랬다. 젖멍울로 돌처럼 딱딱해진 가슴을 직접 손으로 풀어내며 기어이 내 새끼에게 모유를 먹였다. 그뿐인가? 바닥에 눕히기가 무섭게 울어대는 갓난아이를 무릎 위에 올려놓고 앉은 채로 잠을 청했다. 주말부부로 지내다 아이가 돌이 지나고 나서야 세 식구가 모여 살게 됐다. 남편은 밤마다 울어대는 아이와 우는 아이를 달래는 나를 두고 다른 방에서 자겠다고 나가버렸다.

"회사 가서 일해야 하잖아. 둘 다 힘들 필요는 없잖아. 한 명만 고

황제펭귄의 평등 양육법

....

황제펭귄은 암컷이 알을 낳으면 수컷이 알을 품는다.
암컷은 그사이 먹이를 물어온다. 새끼를 온전히 부화시키기 위해
암수 모두가 온 힘을 바친다니, 이 얼마나 아름답고 숭고한 모습인가?

생하면 되지."

남편 말대로 굳이 둘 다 힘들 필요는 없었지만, 나도 아침마다 회사로 출근해야 했다. 고생하는 한 명이 왜 하필 엄마이어야 하는지에 대한 남편의 논증도, 내 반론도 없었다. 그저 그렇게, 언제나 24시간 근무자는 워킹대디가 아닌 워킹맘인 나였다.

준비랄 것도 없이 엄마가 된 나는 아이가 태어나고 나서야 수없이 스스로 물었다. 모성은 타고나는 것일까, 후천적으로 학습되는 것일까? 그도 아니면 아이와 교감하면서 마음속에서 자라나는 것일까? 나는 남편에게 묻고 싶다. 내가 수없이 했던 이 질문들을 단 한 번이라도 생각해 본 적이 있냐고 말이다.

"부성은 타고나는 것일까, 후천적으로 학습되는 것일까? 그도 아니면 아이와 교감하면서 마음속에서 자라나는 것일까?"

조류가 부화하는 과정에 뒤늦게 눈을 뜬 나는 '사람이라는 동물도 알에서 태어난다면 어땠을까?' 하고 생각한다. 새들처럼 암수가 서로 힘을 모으지 않고서는 새끼를 지켜낼 수 없다면 포유류 수컷도 지금과는 다르게 살겠지? 열두 시가 되기 전에 무도회장을 떠나야 하는 신데렐라도 아닌데, 여섯 시 퇴근 시간만 되면 발을 동동 구르며 허둥지둥 집으로 가는 워킹맘은 너무 흔하지만, 같은 모습의 워킹대디는 보기 드문, 아 대한민국!

나는 '워킹맘'이라는 말이, 곧 태어날 펭귄에게 줄 먹이를 찾아 바다로 떠나는 엄마 펭귄에게 알까지 품고 가라고 엄포를 놓는 것만 같아 서글프다. 나는 최고의 지성이라는 하버드 대학교 앞 책방에서 "남편, 적어도 일주일에 두 번은 네가 퇴근 시간에 초조해야 하는 것 아니냐"고, "나도 나만의 시간이 필요하다."라고 허공을 향해 마음속으로 외치고 있었다.

나의 찰스강과
하루키의 찰스강

여행을 떠나기 전 보스턴에서 가볼 만한 곳을 찾아봤다.
많은 사람이 찰스강 오솔길 산책을 추천했다. 물결에 햇살이 반
짝이는 경포 호수를 지나 파도 소리가 귓가를 간지럽히는 바닷가
를 거닐던 추억 때문인지, 나는 한강 물만 봐도 평온함에 잠긴다.
대학생 시절 한 학기 동안 신림역에서 2호선을 타고 통학한 적이
있다. 당산역에서 합정역으로 달리는 지하철 안에서 아침 햇살
을 받으며 찰랑거리는 강물을 바라보는 것은 소소한 행복이었다.
그 찰랑거림은 내 두 눈을 지나 뇌리에 똬리를 틀었다. 나는 그
때를 떠올리며, 망설임 없이 찰스강 오솔길을 걸어 보기로 했다.
MIT 캠퍼스를 지나치자 드디어 찰스강과 오솔길이 눈앞에 나
타났다.

찰스강 오솔길에서 나뭇가지에 매달려 가을의 마지막 순간을 붙잡아 보려고 애쓰는 단풍을 보았다. 이미 맥없이 바닥으로 떨어진 낙엽은 발걸음을 옮길 때마다 사각사각 음악 소리를 냈다. 을씨년스러운 날씨 탓에 군데군데 놓인 벤치는 비어 있었다. 가끔 조깅을 하는 사람이 나를 지나쳐갔다. 나는 발길을 멈추고 강물을 멍하니 바라보았다.

강 위에는 빨간 돛을 말아 접고 나란히 쉬고 있는 작은 배가 몇 척 떠 있었다. 물결만 일뿐 햇빛이 부서져 반짝이지는 않았다. 상상했던 찰스강이 아니다. 강 위로 곧 비가 쏟아질 듯 하늘이 잔뜩 찌푸린 얼굴을 하고 있다. 하늘과 맞닿은 강 건너에 보스턴 시가지는 손에 잡힐 듯 가깝게 느껴졌다.

쓸쓸한 풍경 탓에 나는 괜스레 기분이 울적해졌다. 더 늦기 전에 보스턴으로 돌아가기 위해 하버드 다리 위를 걷기 시작했다. 봄가을용 사파리 재킷을 입고, 옷깃을 여며 보았지만 매서운 강바람에 한기를 느꼈다. 재킷에 달린 모자를 푹 눌러 쓰고 벗겨지지 않도록 스카프를 둘러보아도 볼을 스치는 바람을 막을 수 없다. 그 와중에 다리 중간 즈음에 멈춰 케임브리지와 보스턴 도심을 한눈에 담아 보는 일은 기어이 해내고 말았다. 지금 생각해도 그날, 다리 위 바람은 몹시 혹독했다. 만약 벚꽃이 바람에 흩날리는 봄날의 찰스강 오솔길을 산책했다면 어땠을까? 아마도 찰스

보스턴의 가을

....

나뭇가지에 매달려 가을의 마지막 순간을 붙잡아 보려고 애쓰는
단풍을 보았다. 이미 맥없이 바닥으로 떨어진 낙엽은
발걸음을 옮길 때마다 사각사각 음악 소리를 냈다.

강은 세상에서 가장 달콤한 장소로 남아 있지 않을까?

보스턴 여행에서 돌아온 뒤, 내가 보지 못한 찰스강의 여름과 겨울, 그리고 봄을 엿볼 기회가 생겼다. 무라카미 하루키 여행 산문집 『라오스에 대체 뭐가 있는데요?』의 첫 번째 소제목이 '찰스 강변의 오솔길'이었다. 하루키는 찰스강 사계절을 소설가다운 섬세함으로 그림처럼 보여줬다.

여름에는 잔디 위에 비키니 차림으로 일광욕을 즐기는 사람과 이동식 아이스크림 가게가 등장한다. 그리고 가을이 오면, "마른 낙엽이 바람에 춤을 추며 날아오르고", 도토리가 아스팔트를 때리는 소리가 들려오기 시작한다. 그러다 "핼러윈이 지나면 이 일대에 겨울이 유능한 세금징수원처럼 소리 없이 그러면서도 정확하게 찾아"오고 "강 수면을 훑고 불어오는 바람은 바짝 날을 세운 손도끼처럼 차갑고 예리해진다." 그리고 폭설이 거대한 얼음덩어리로 변해 길을 막아버리는 겨울이 이어진다. 삼월이 되면 눈덩어리가 녹고 사람들은 다시 찰스강 오솔길로 몰려들기 시작한다. 오월 초 벚꽃이 만개한다. 구름은 소리 없이 흘러가고, 집오리들은 목청을 돋우며 강물을 타고 다리 밑을 지나간다.

하루키의 말대로라면 나는 "뉴잉글랜드의 짧고 아름다운 가을이 끝나고 소리 없이 정확하게 찾아오는 겨울이 시작되는" 그때 그 강을 건너고 있었던 셈이다.

보스턴 야경과
어떤 연인

 보스턴을 한눈에 내려다볼 수 있는 프루덴셜 타워로 갔다. 나는 반짝이는 도시의 밤을 좋아한다. 어느 도시에서든 야경 명소를 찾아가는데, 보스턴은 프루덴셜 타워가 바로 그런 곳이다. 50층엔 전망대 '스카이 워크'가 있다. 전망대 입장료에 조금만 더 보태면, 52층 레스토랑 '더 탑 오브 더 허브'에서 식사할 수 있다. 나는 저녁도 해결할 겸 레스토랑이 있는 52층에서 내렸다.

혼자 오는 손님은 없을 것 같은 식당에서 혼자 밥을 먹는 건 내 인생에서 첫 도전이었다. 서울 N타워 레스토랑에서 홀로 앉아 스테이크를 먹는 기분이 이럴까? 직원이 다가와 일행이 몇 명인지 물었다. 나는 한 명이라고 말하고 자리를 안내받았다. 직원은 바깥 풍경을 볼 수 없는 통로 안쪽 자리를 권했다. 나는 창밖을 볼 수 있는 자리에 앉고 싶다고 말했다. 창가 바로 앞 테이블은 자리가 다 찼지만, 그나마 바깥 풍경이 보이는 자리로 바꿔주었다. 불빛이 어두워서 차림표에 코를 박고 한참 있다가 겨우 주문을 마쳤다. 해산물이 들어간 토마토소스 파스타와 화이트 와인이었다. 테이블 위에 촛불이 없었다면, 앞사람 얼굴도 제대로 볼 수 없을 것 같았다. 주문한 음식을 기다리는 동안 잠깐 자리에서 일어나 그랜드 피아노가 놓인 창가 쪽으로 갔다. 보스턴 야경은 상상했던 것보다 훨씬 어두웠다. 하긴, 낮 동안 돌아본 도심에서 화려한 불빛을 내뿜을 만한 건물을 많이 볼 수는 없었다. 여섯 시가 조금 넘은 시간이었지만, 이미 어둠 속으로 걸어 들어간 도시는 고요하고 차분했다. 그때야 나는 레스토랑의 조명이 왜 이토록 어두운지 이해할 수 있었다.

보스턴 밤 풍경은 아주 잔잔히 물결이 이는 끝이 보이지 않는 어두운 호수 같았다. 사진으로라도 간직하고 싶은 풍경이었지만, 정작 사진으로는 온전히 옮겨 담을 수 없는 순간이었다. 쇼팽, 녹턴이라도 흘러나왔다면 더할 나위 없이 완벽했을 순간, 이 완전한 고요 속에 나를 남겨 두고 싶은 욕심에 사진 촬영을 부탁했다. 플래시를 끄면 사진에서 내 얼굴을 찾을 수가 없었고, 플래시를 켜면 까만 막 앞에 내가 덩그러니 서 있는 듯했다. 자리로 돌

©flickr_Bill Damon

보스턴의 밤 풍경

....

보스턴 밤 풍경은 아주 잔잔히 물결이 이는
끝이 보이지 않는 어두운 호수 같았다.

아와 이 불완전한 사진 파일을 하나하나 지우다가 옆으로 고개를 돌렸다. 한국말을 하는 두 사람 목소리가 나지막이 들려왔다.

테이블을 사이에 두고 마주 앉은 두 사람은 서로 손을 포갠 채 이야기를 나누고 있었다. 나처럼 여행 중이었는지, 아니면 보스턴에 사는지는 알 수 없었다. 어느 쪽이든 꽤 사랑스럽게 보였다. 서로를 바라보는 눈이 빛나고 있었다. 사랑에 빠진 달콤한 연인을 보자 내 심장까지 간질간질해지는 느낌이었다.
'내가 사귄 지 백일쯤 된 상대를 두고 여행을 왔다면, 지금 이 분위기를 함께 나누지 못하는 상황 자체가 큰 슬픔이 되었겠지.'
이 순간 나를 덮친 서글픔은 다른 곳에서 시작됐다. 막 사랑에 빠진 이들이 뿜어내는 기운은 기혼자에게, 다시 말해 새로운 사랑에 빠지는 일이 허락되지 않는 자에게 감지되면 안 되는 그 무엇이라는 사실이 나를 서글프게 했다. 설렘이 안정감으로 옮겨가는 과정, 그 가운데 결혼이라는 제도가 있다면, 그 끝에는 과연 무엇이 기다리고 있을까? 나는 아직 이 질문에 대한 답을 찾지 못했다. 생각이 여기까지 뻗어 나가자 문득, 우울해졌다.

내 눈에 눈물이 그렁그렁하면 잘잘못을 따져 묻지도 못하고, 그저 미안하다며 어쩔 줄 몰라 하던 사람이 있었다. 시간이 지나

자 그 사람은 "또 울어? 왜 우냐? 우는 것도 지겹다."라고 소리
쳤다. 사람이 변한 것인지 사랑이 변한 것인지 모를 상황이 쌓이
고 쌓이자 헤어짐이 다가온 듯했다. 마음을 다했기에 함께 하는
날이 오지 않는다고 해도 아쉽지 않을 사랑이었다. 그렇게 사랑
이 끝났다.

내가 그리운 것은 옛사랑도 남편과 함께했던 연애의 추억도 아
니다. 내가 그리운 것은 갓 내게 빠져든 누군가가 나를 바라볼 때
느꼈던 포근함이다. 에드워드가 플로렌스를 지그시 바라볼 때,
플로렌스가 "사랑이라는 다정한 구름에 폭 싸이는 느낌을"이언 매
큐언, 『체실 비치에서』, 문학동네, 17쪽 받은 것처럼 말이다. 내가 그리운 것
은, 분홍빛 하트가 쏟아져 내리는 눈으로 나를 바라봐 주었던, 따
듯하게 반짝이던 눈빛이란 말이다.

치즈 케이크 팩토리
그리고 생일 케이크

외투를 챙겨 입고 숙소를 나섰다. 종일 찬바람에 노곤해진 몸을 달래줄 달콤한 디저트가 간절했다. 보스턴 거리엔 이미 어둠이 내려앉았다. 프루덴셜 타워 1층에 있는 '치즈 케이크 팩토리' 간판이 눈에 들어왔다. 가게 안은 손님으로 북적였다. 진열장 앞으로 주문을 하려는 사람들이 길게 줄 서 있다. 수십 가지 치즈 케이크가 진열장을 가득 채우고 있다. '치즈 케이크면 치즈 케이크지, 이렇게 다양한 치즈 케이크가 있다니.' 내 차례가 오길 기다리며 속으로 중얼거렸다. 종류가 많아 차례가 올 때까지 뭘 골라야 할지 결심이 서지 않았다.

"오리지널 치즈 케이크 주세요."

직원 앞에 서서 쫓기듯 외쳤다.

치즈 케이크 팩토리

....

수십 가지 치즈 케이크가 진열장을 가득 채우고 있다.
'치즈 케이크면 치즈 케이크지, 이렇게 다양한 치즈 케이크가 있다니.'
내 차례가 오길 기다리며 속으로 중얼거렸다.

내가 어렸을 때는 고작해야 동네 빵집 버터크림 케이크가 다였다. 엄마는 서구 문화에 익숙하지 않은 시골 분이라 그런지, 생일상을 차려 주긴 했지만, 생일상에 케이크는 없었다. 지금 생각하면 손이 많이 가는 잔치 음식을 잔뜩 줬는데도, 어린 마음에 나는 케이크가 없는 생일상이 서운했다. 그렇다고 케이크를 사달라고 엄마에게 조르지도 못했다. "아, 나도 친구들 초대해서 생일잔치 좀 했으면……, 생일날 케이크 좀 먹었으면……." 나는 그저 속으로 애만 태웠다.

어느새 치즈 케이크가 담긴 하얀 종이 상자가 내 손 안에 있다. 조심조심 걷는다고 걸었는데, 숙소에 도착해 보니 오는 길에 한쪽으로 기울어졌는지 조각 케이크는 볼품없이 찌그러져 있었다. '아무렴 어때. 맛만 좋으면 되지.'

일회용 포크로 케이크를 조금 잘라내 입에 넣었다. 치즈 특유의 진한 맛이 입 안 가득 퍼졌다. 잇몸까지 간질간질한 단맛이 뒤따라왔다. 미국 사람들은 덩치가 커서 케이크도 큰 것인가? 우리나라 조각 케이크보다 두 배는 컸다. 크기도 문제였지만, 내가 감당하기엔 너무 달았다. 나는 반쯤 먹고 나머지를 상자 속에 다시 넣었다.

미국 혼행에서 돌아오고 얼마 뒤에 생일을 맞았다. 웬일인지 엄마는 케이크에 집착했다. 처음 보는 모습이었다. 남편이 생일 케이크를 챙기지 않은 것을 확인하고는 점심부터 케이크를 사야 한다며 빵집을 찾았다. 공교롭게 그날 우리가 지나가는 길엔 빵집이 없었다. 외식하고 집으로 가는 길에 엄마는 굳이 케이크를 사 준다고 카페로 들어갔다. 나는 평소 좋아하는 치즈 케이크 한 판을 골랐다. 직원이 초가 몇 개 필요하냐고 물었고, 나는 큰 거 세 개, 작은 거 다섯 개를 달라고 했다.

"네가 이렇게 나이가 많아?"

엄마는 딸 나이에 새삼 놀랐다. 케이크 가격이 이만육천 원이라는 말에 "케이크가 이렇게 비싸?" 라고 엄마는 한 번 더 놀랐다.

"요즈음 케이크 가격 다 그래요. 이렇게 된 지 한참 됐어요."

나는 혼자 살짝 웃었다.

시간이 아무리 흐른다 해도, 내가 할머니가 되어도 엄마에게 나는 여전히 마냥 막내딸이고, 엄마의 귀한 자식일 것이다. 서른다섯 내 생일, 엄마가 사 준 치즈 케이크 맛을 나는 잊지 못할 것이다. 보스턴에서 먹은 다디단 치즈 케이크도 함께 떠오르겠지?

낯선 내 마음

거리를 걷다 무심코 고개를 돌렸는데 건물 안쪽에 'PARIS BAGUETTE'라는 글씨가 보였다. 볼일도 없는데 반가운 마음에 건물 안으로 들어갔다. 신기하게도 우리나라 파리바게뜨 외 공간을 똑같이 꾸며 놓았다. 굳이 미국 케임브리지 매사추세츠 애비뉴까지 와서 파리바게뜨 커피를 마실 생각은 없지만, 사진으로는 남겼다. 알고 보니 H 마트라는 한인 마트가 있는 건물이었다.

런던 피커딜리 서커스나 홍콩 빅토리아 항구에서 한국 기업 옥외 광고판을 보면서 뿌듯한 마음에 사진으로 남겨 놓은 것도 비슷한 경험이다. 내가 주인도 아니고, 다니는 회사도 아닌데 그냥 기분이 좋다. 한국을 떠나 있을 때면 '대한민국 사람'이라는 정체성이 내게 갑자기 큰 의미로 다가오는 것을 느낀다. 낯선 도시에선 소속감을 느낄 수 있는 무언가를 발견하는 일이 마음에 안정감을 주는 것 같다.

'갑작스러운 애국심' 외에, 한국을 떠나 있을 때 마주하게 되는 낯선 내 모습이 또 하나 있다. '다수 그리고 주류가 되고 싶은 마음'이다. 다수 그리고 주류는 필연으로 '기득권 또는 특권'을 누리고, 이것은 소수 그리고 비주류에 대한 '차별'과 맞닿게 된다. 일상 속에서 나는 이 문제를 진지하게 고민하지 않았다인종 차별에만 한정하면 그렇다. 적어도 한국 사회 안에서 내 피부색이나 눈동자 색이 놀림거리가 될 일은 없기 때문이다.

백인이 주류인 나라로 떠나면 나는 소수 그리고 비주류가 되었다. 단지 걸어가고 있는 내게 침을 뱉고 키득거리며 달아나는 아이, 옐로 몽키Yellow monkey라고 부르며 조롱하는 목소리, 아시아권 여행자를 한 방에 몰아넣는 게스트하우스 방 배정은 비주류가 겪는 부조리 또는 차별로 설명할 수밖에 없다. 이런 일을 겪을 때면 나는 잠시 떠나 온 내 나라, 정확하게 말하자면 '다수 그리고 주류에 속하는 나'를 그리워하는 것이다.

보스턴에서 다시 버스를 타고 뉴욕으로 건너왔다. 이번 여행을

보스턴의 파리 바게트

· · · · · · · · · · · · · · ·

거리를 걷다 무심코 고개를 돌렸는데
건물 안쪽에 'PARIS BAGUETTE'라는 글씨가 보였다.
볼일도 없는데 반가운 마음에 건물 안으로 들어갔다.

하면서 '비주류'로 보이는 미국 사람들 혹은 이민자들을 자주 봤다. 마트 계산원, 버스 운전사, 숙소 문지기는 몇몇 인종에 치우쳐 있었다. 스페인어가 모국어인 마트 계산원의 말도, 할렘에서 나고 자란 지하철 댄서의 말도 나는 알아듣지 못했다. 내가 이십 년을 배운 미국식 영어는 그저 백인 중산층 아니면 CNN 앵커의 영어였다. 다양한 사람들이 모여드는 세계 경제의 수도라 해도, 어린 시절 내가 '미국 사람'이라고 불렀던 흰 피부에 파란 눈동자를 가진 사람들과 내가 말을 섞을 일은 거의 없었다. 이 지점에서 나 역시 미국에 대한 '편견'에서 자유롭지 않다는 걸 깨달았다. 미국 사회에서 '비주류'인 내가 '섹스 앤드 더 시티'의 캐리와 코스모폴리탄 칵테일을 마시며 웃음과 이야기를 주고받을 기회는 없을 것이라는 현실에 맞닥뜨린다. 그리고 나는 '내가 한국에서 살고 있다는 사실'에 깊이 안도한다.

나는 어디에 있는가

아찔하다

 민박집 직원이 카톡으로 알려준 만남의 장소는 숙소 근처 으슥한 뒷골목이었다. 직원은 흰 셔츠에 면바지, 그 위 트렌치 코트 차림으로 나타났다. 나와 같은 날 도착한 여행자 D와 함께 직원의 주의 사항을 들었다. 리셉션에서 집주인과 관계를 물어볼 땐 친척이라고 대답하라는 것이었다. 뉴욕에서 민박이 불법이라 필요한 안내였다. 나는 필요 이상으로 눈치를 보며 리셉션을 지나쳐 무사히 그들과 함께 승강기를 탔다.

집에 도착하자 그는 우리에게 사용할 침대를 선택하게 했고, 세탁기와 주방 사용법도 친절하게 알려줬다. 청소하기 위해 그가 매일 민박집에 들르는 시간도 말해주었다. 그의 말투는 정중했고, 옷차림은 단정했다. 민박집 직원을 보면서 나는 궁금증이 꼬리에 꼬리를 물었다. 때때로 한국을 떠나 사는 꿈을 꾸는 내게 민박집 직원은 현실성 높은 생계 모델 중 하나였던 까닭이다. 청소하고 한국 손님을 맞이하는데 시간 대부분을 보내는 그는 뉴욕이라는 공간을 자각하며 살고 있을까? 일이 끝나면 뉴요커의 삶을 충분히 만끽할까? 보험료가 어마어마한 미국에서는 고용주가 보험료를 지원해 주는 것이 중요한 복지라는데, 그는 이 문제를 어떻게 해결하고 있을까? 마음대로 아플 수도 없는 처지인 것은 아닐까?

내 첫 직장은 나름 안락했다. 여름에는 에어컨 바람에 감기에 걸리고, 겨울에는 히터 바람 때문에 안구건조증이 오는 사무실에서 정규직으로 일했다. 어쩌다 보니 조선소로 회사를 옮겼고, 그때나는 처음 삶이 무엇인지 보고야 말았다.

신입사원 연수 과정이었다. 겨울용 작업복은 따로 없었고 봄 가을용 작업복 위에 방한 조끼와 겨울 외투를 껴입었다. 발 앞부분에 쇳덩어리를 댄 무거운 안전화는 걸음을 옮기기에 불편했다. 혹시 모를 사고에 대비해 안전모를 쓰고 등산하듯 건조 중인 거대한 배 안으로 들어갔다. 1월이었고 육중한 철 덩어리 속 공기는 차가운 살기로 가득했다. 성인 몇 명이 달라붙어 가슴 한가득 안고 당겨도 무거울 만큼 케이블은 두껍고 길었다. 견디기 힘든 것은 대형 케이블의 싸늘함이었다. 살기 가득한 케이블은 두 손을 앨 듯 차가웠다. 3일이니까 견디지 이게 내 일이라면 한 달은 고사하고 10일도 못하겠다는 생각이 들 때, 잠깐 쉬는 시간이 주어졌다. 서울에서 나고 자라 미국에서 대학을 나온 동기 하나가 말을 꺼냈다.

"내 딸이라면, 절대 이런 곳에 안 보낼 거야. 이런 곳에 딸을 보내는 부모는 좀 이상한 거지. 여긴 사람이 일할 수 있는 환경이 아니야."

꽤 무례한 발언이라고 생각했다. 그 말을 듣고 있는 이 중 몇몇은 '누군가의 딸'이었다. 동기가 한 말을 어느 정도 이해할 수는 있었다. 이전에 발생한 산업 재해 사고 기록을 읽으면서였다. 수십 미터 떨어진 곳에서 가스가 폭발했고, 그 여파로 쇳조각이 컨테이너 앞까지 날아들어, 문을 뚫고 작업자의 팔다리에 꽂혔다. 예상할 수도 피할 틈도 없었던 이 사고로 그는 한쪽 팔과 두 다리를 잃었다. 내가 입사한 해에 아홉 명이 사고로 목숨을 잃었고, 회사는 최악의 살인 기업 1위에 이름을 올렸다. 나는 근무시간 대부분을 사무실 의자에 앉아 보냈지만, 사무실을 나와 거대한 도크를 지날 때면 때때로 불안이 엄습했다. '예상할 수도 피할 틈도 없는 사고의 희생양이 내가 되는 것은 아닐까.' 참담을 바로 옆에서 보고 듣는 시간을 보내고 난 뒤에야 나는 깨달았다.

그때까지 내 인생은 온실 속에 있었으며, 나는 '잡초과 인생'을 감당해 내지 못할 것이라는 사실을.

만약 미국에 이민을 온다면 나는 과연 어떤 일을 할 수 있을까? 종일 다리미질을 하는 일도 세탁소 차릴 돈이 있어야 가능하다. 비둘기도 무서워하는 내가 공장에서 닭털 뽑는 일을 해낼 수 있을까? 비즈니스 캐주얼 차림의 저 민박집 직원이 그나마 가장 이상적인 롤 모델이란 말인가? 미국 땅에서 유색인종으로, 이민자로 잡초처럼 살아갈 모습을 생각하니, 상상하는 것만으로도 서른넷, 내 인생이 아찔하다.

같은 곳
다른 여행

 여행자 D는 내 침대와 'ㄱ'자로 맞닿아 있는 침대에 앉
아 외출 준비를 했다. D의 짐이라고는 기내용 여행 가방 하나가
전부다. D에게 뉴욕에 얼마나 있는 거냐고 물었다. D는 반달 눈
이 되도록 환하게 웃으며 말했다.
"3박 4일이요. 뉴욕에 처음 왔는데, 너무 설레요."
D는 빈 곳이 훨씬 많은 여행용 가방을 열어 파우치를 꺼내 들었
다. 다음 날 계획을 물었더니, 맨해튼에서 두 시간 정도 거리에
있는 아울렛으로 함께 온 친구와 쇼핑을 하러 갈 것이라고 했다.
이 민박에 빈자리가 하나밖에 없어서 잠은 각각 다른 곳에서 자
게 됐다고 했다. 뉴욕으로 오는 비행기를 탄 당일, D는 아르바이
트를 마치고 바로 공항으로 갔다. 여행 경비를 벌기 위해 마지막

날까지 일을 했다.

다음 날, D는 아침 일찍 숙소를 떠나 밤늦게야 나타났다. 종일 아울렛에 있다가 막차를 타고 돌아와, 그날 '득템'한 물건들을 능숙하게 정리했다. D가 여행 가방 속에 챙겨 온 손톱깎이는 쇼핑한 상품에 붙어있는 태그를 자르기 위한 용도였다.

"한국 백화점에서 사면 10만 원 넘는데, 3만 원 정도밖에 안 해서 많이 샀어요. 지인들 선물로 주려고 폴로 티도 몇 장 샀고요."

브랜드가 같은 셔츠 대여섯 장을 단정하게 개키며 D가 말했다. G 명품 브랜드 벨트와 가방, 신발 몇 켤레도 있었다. 이미 기내용 여행 가방은 포화 상태였다.

"내일 캐리어를 하나 사야겠어요."

D는 새벽에 나갈 거라서 미리 인사를 한다며 잠자리에 들었다. 돈을 벌어간다고 여기며 마지막까지 쇼핑에 열중할 D가 눈앞에 아른거렸다.

여행자 S는 처음 숙소에 왔을 때 부재중이었다. S는 미국 서부 여행을 한 달 넘게 하고 뉴욕으로 넘어온 장기 여행자였다. 딱 봐도 나보다 나이가 많아 보였다. 나는 조심스럽게 물었다.

"어떻게 이렇게 긴 여행을 하시는 거예요? 저는 직장 맘인데, 열흘 시간 내는 것도 너무 어려웠거든요."

"아, 5년 넘게 다니던 회사 그만두고, 그 퇴직금으로 여행하고 있는 거예요. 전 결혼은 안 해서요. 아이가 몇 살인데, 혼자 여행을 오셨어요? 남편이 혼자 간다는 데 뭐라고 안 해요?"

S는 서른여덟 나이에 잘 다니던 직장을 때려치우고 미국으로 날아온 '퇴사하고 훌쩍 떠난 여행자'였다. 부풀어 오른 S의 여행용 가방은 지나온 여행의 시간을 말해주고 있었다. S는 차분한 목소리로 말을 이어갔다.

"다시 직장을 잡아야 하는데, 돌아가서가 걱정이죠. 후회는 안 해요. 너무 좋았어요. 지금은 그냥 여행에만 집중하려고요."

S는 그랜드 캐니언 장관이 가장 인상에 남는다고 했다. 거대한 자연 앞에서 자신의 크고 작은 걱정들에 초연해져 버린 S를 머릿속에 그려봤다.

여행자 A는 D가 떠나고 그 자리를 메꿨다. 보스턴에서 6개월 동안 지내다가 한국으로 돌아가기 전에 마지막으로 뉴욕을 여행하는 것이라고 했다. A가 근무하는 병원에 보스턴 병원과 교류하는 프로그램이 있는데, A가 대상으로 선정되어 오게 됐다고 했다.

"뉴욕에서 뭘 해보고 싶어요?"

"공연 많이 보고 싶어요. 보스턴에서 주말에 가끔 놀러 오긴 했었는데, 공연은 많이 못 봤거든요."

병원에서 월급이 나오니 경제적 압박도 없을 것이고, 돌아갈 자리가 있으니 심리적 불안도 없을 것이다. 원래 자리로 잘 돌아가기만 하면 되겠지.

민박집에서 만난 여행자들은 각기 다른 여행을 하고 있었다. 여행이 끝나면 마주해야 할 일상도 달랐다. 굳이 작대기를 긋자면 나는 여행자 A와 비슷한 처지였다. 그저 원래 자리로, 엄마로, 아내로, 회사로 잘 돌아가기만 하면 되었다.

환상과
현실 사이에서

 어느 여행지를 떠올릴 때, 특히 가보지 않은 곳을 떠올릴 때 영상에 소리까지 입혀 상상하는 사람은 많지 않을 것이다. 나도 그랬다. 타임스퀘어를 채운 무수한 네온 간판, 길 위를 가득 메운 옐로 캡, 인적 드문 그리니치 빌리지의 밤 풍경이 담긴 무성영화 한 편을 생각했다. 하지만, 상상과 달리 현실 뉴욕은 유성영화였다.

뉴욕 여행 첫날 밤, 시차만으로도 힘든데 끊이지 않는 소음까지 더해져 잠을 이룰 수 없었다. 20층 숙소에 누워있었는데 도로 한 가운데 침대가 놓여 있는 듯했다. 자동차는 밤새 경적을 눌러댔고 경찰차는 수시로 사이렌을 울렸다. 맨해튼 중심부의 소음은 최악이었다. 내가 기대한 적은 한 번도 없지만, 소음도 엄연히 뉴

욕의 일부였다. 온갖 소음은 소리가 제거된 무성영화 같은 상상
속 뉴욕에서 순식간에 빠져나오게 했다. 뉴욕의 밤 현실을 맞닥
뜨리자 이유 없이 화가 나기 시작했다. 옆 침대 사람이 내는 이불
바스락거리는 소리에도 신경질이 났다. 조금이라도 자둬야 내일
무엇이라도 할 텐데……. 강박에 시달리다 아침을 맞았다.

이른 시간이라 그럴까? 타임스퀘어로 향하는 거리는 한적했다.
여기저기를 두리번거리며 버스터미널을 지날 즈음 이번에는 부
랑자의 목소리가 불쑥 끼어들었다. 어렵게 그의 말을 알아들었
지만, 나는 그 '소리'를 무시했다. 목소리를 못 들은 사람처럼 혹
은 영어를 모르는 사람처럼 행동했다. 그리고는 빠른 걸음으로
그에게서 멀어졌다. 생에 처음으로 타임스퀘어를 지나면서도 사
진기를 꺼낼 수 없었다. 스마트폰 카메라를 켜 도둑 촬영을 하듯
거리 풍경을 남겼다. 관광객으로 보이는 순간 갑자기 무슨 변을
당할까 겁이 났다.
일본인들은 파리를 여행하다가 종종 현기증이나 호흡곤란을 일
으킨다고 한다. 20~30대 일본 여성에게 주로 나타나는데, 파리
에 대한 환상과 현실 사이 괴리를 극복하지 못해서 겪는 일종의
적응 장애이자 문화 충격이라고 한다. 2000년대 들어서는 중국
관광객 사이에서도 이런 '파리 증후군'이 증가하고 있다고 한다.

80 나는 어디에 있는가_뉴욕

내게는 '뉴욕 증후군'이라도 해도 좋을 이상 증세가 나타났다. 여행자라는 티를 내는 순간 누군가 내게 다가올지 모른다는 불안이었다. 뉴욕은 오기 전 생각했던 자유분방함의 상징과는 거리가 멀었다. 나는 그저 낯설고 무서운 공간에 버려진 아이가 된 기분이었다.

밤새도록 울리는 경찰차 사이렌과 나를 향해 소리치는 부랑자의 거친 음성. 뉴욕은 '도시 여성의 자유분방한 삶터'라는 내 환상과 너무 멀리 떨어져 있었다. 현실에 적응하지 못한다면 뉴욕 여행은 악몽으로 끝나게 될지도 몰랐다. 나를 찾아 떠난 혼자 여행이 악몽으로 남는다는 것은 재앙이다. 소설가 김영하가 『여행의 이유』에서 밝힌 중국 여행 경험과 다르지 않았다. 김영하는 사회주의 미래를 확신하는 젊은 청년들을 만나리라는 믿음과 기대를 품고 중국을 여행했다. 하지만 그는 베이징 대학 기숙사에서 그런 기대를 접는다. 기숙사 벽엔 대형 미국 지도가 걸려 있었고, 중국 대학생들은 미국 유학을 꿈꾸고 있었다. 나는 브로드웨이를 걸어가면서 나에게 타일렀다.
'환상 속 뉴욕과 현실 뉴욕 사이의 거리를 빨리 좁혀가자!'

누구에게나
24시간

누욕 야경을 보려고 서둘러 록펠러 센터를 찾았다. 엠
파이어 스테이트 빌딩이 잘 보이는 곳에 자리를 잡았다. 서쪽 하
늘이 노을로 붉게 물들기 시작했다. H&M 옥외 간판이 가장 먼
저 불을 밝혔다. 뒤이어 하늘을 찌를 듯 높이 솟은 건물들이 하나,
둘 반짝이기 시작했다.

맨해튼 풍경에 반해 나는 쉴 새 없이 셔터를 눌렀다. 분 단위로 변
하는 하늘색과 엠파이어 스테이트 빌딩의 빛을 놓치지 않고 담아
내야 한다는 책임감마저 솟았다.

"이기적이네."

그때였다. 냉랭한 목소리가 뒤쪽에서 들려왔다. 엠파이어 스테이
트 빌딩에 가 있던 시선을 거둬들여 뒤를 돌아봤다. 뒤늦게 전망

맨해튼의 밤 풍경

⋯⋯⋯⋯⋯⋯

서쪽 하늘이 노을로 붉게 물들기 시작했다.

뒤이어 하늘을 찌를 듯 높이 솟은 건물들이 하나, 둘 반짝이기 시작했다.

대에 올라온 남녀가 불만을 토로한 것이었다. 아마도 이기적이라는 말 앞에는 "적당히 찍고 빠질 것이지 계속 저리고 있네."라는 말이 생략되었을 것이다. 비로소 나는 양옆을 둘러봤다.

어느새 사람들이 난간을 빈틈없이 메우고 있었다. 남녀는 콩나물처럼 촘촘한 사람 숲을 거치지 않고 맨해튼 야경을 보고 싶었을 것이다. 나만 그들의 은밀한 대화를 들은 것인지 옆에 있던 사람들은 그러거나 말거나 아랑곳하지 않는다. 나는 마음이 편치 않았다. 내 욕심으로 너무 오랫동안 난간을 차지하고 있었나 싶었다. 완전히 어두워진 모습을 보지도 못했는데 자리를 내줘야 할지 고민에 빠졌다.

그런데, 다른 한편으로 가슴 밑바닥에서 억울한 마음이 올라왔다. 이 자리는 석양과 야경을 온전히 누리기 위해 다른 일정을 포기하고 얻은 정당한 대가라는 반발심이 일었다. 나는 일부러 이른 시간으로 전망대 입장을 예약했다. 예약 시간보다 조금 일찍 록펠러 센터에 도착했고, 승강기를 타기 위해 제법 오랜 시간을 기다렸다. 록펠러 센터 역사를 들려주는 동영상을 보며, 긴 줄에 서서 무작정 기다리는 지루함을 견뎠다. 긴 기다림 끝에 전망대에 올랐고, 전망대를 360도 돌아본 뒤 그 자리를 잡았다. 누구에게나 동등하게 주어지는 '24시간'이라는 한정된 자원을 그 남녀보다 더 많이 투자해 얻은 풍경이었다.

남녀 사이에 오간 대화였든, 군중을 향한 비난이었든, 그 난간에 오래 머문 것이 '자기 이익만 생각하는 사람'이라는 말을 들어야 할 만큼 몰염치한 행동이었는지, 나는 아직 잘 모르겠다. 맨해튼 야경 사진을 볼 때마다 그날 불었던 쓸쓸한 바람의 감촉과 귓가를 후비듯 싸늘했던 남녀의 목소리가 생생하게 되살아난다.

위로의 방법,
9.11 메모리얼

 2001년 초가을이었다. 하늘은 높고 맑았다. 학교에 갔더니 친구가 호들갑스럽게 신문 1면을 보여줬다. 뉴욕 세계무역센터, 쌍둥이 빌딩이 불꽃과 연기에 휩싸여 있는 사진이었다.

"할리우드 영화 같지 않아?"

친구 말 대로였다. 사진은 실제가 아니라 영화 속 한 장면처럼 비현실적이었다. 비행기가 월드트레이드 센터로 돌진했다니, 누가 이걸 현실로 믿겠는가? 그날 이후 신문과 방송 할 것 없이 연일 보도가 이어졌다. 이슬람 테러 단체 알-카에다 소행이라고 했다. 미국 부시 대통령은 '테러와의 전쟁'을 선언했고, 알-카에다 주요 거점을 공격했다. 9.11 테러로 수천 명이 목숨을 잃었다. 평범한 시민들에게도 씻을 수 없는 트라우마를 남겼다. 시간은 빠르게 흘러갔다. 흐르는 시간만큼씩 9.11은 내 기억 속에서 희미해졌다.

오늘은 조금 특별한 곳을 방문하기로 했다. 2001년 가을처럼 하늘이 유난히 높고 푸르다. 옷깃을 여미는 마음으로 세계무역센터로 방향을 잡았다. 9.11 테러 희생자를 추모하기 위해 만든 메모리얼 앞에 섰다. 웅장한 검은색 기념물이 나를 저절로 경건하게 만든다. 월드트레이드 센터가 있던 자리에, 난간에서 흘러나오는 물이 깊은 웅덩이 아래로 떨어지는 트윈 메모리얼 풀Pool이 있다. 물이 떨어지기 시작하는 가장자리에는 1993년과 2001년, 테러로 희생된 2,983명의 이름이 새겨져 있다. 거대한 물웅덩이 앞에 서서 2001년 그날 혹은 그다음 날의 기억을 다시, 아프게 떠올렸다.

몇 해 전 봄, 한국에서도 영화 같은 일이 벌어졌다. 인천에서 출발하여 제주도로 가던 배가 진도 앞바다에서 침몰했다. 배에 탔던 수백 사람들이 집으로 돌아올 수 없었다. 나는 뉴스를 보며 간절히 빌었다. 단 한 사람만이라도 기적이란 이름으로 살아 있기를……. 기적은 없었다. 이 비극은 내게도 트라우마를 남겼다. 사고에 대한 막연한 두려움 때문에 차를 타는 것조차 한동안 무서웠다. 미국으로 가는 비행기 안에서도 예기치 않은 사고를 상상

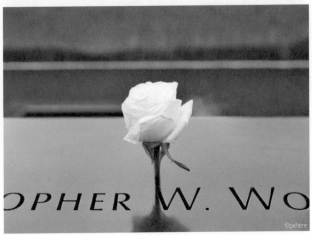

하며, 딸에게 마지막 인사를 해야 한다면 어떤 말을 할까 고민했다.

"네가 내게 온 지 벌써 사 년이 되었구나. 나는 너와 함께한 시간 동안, 네가 없었던 삼십 년 동안 느꼈던 행복을 다 합친 것보다 곱절은 더 큰 행복을 느꼈다. 네가 스무 살이 되려면 앞으로 십육 년, 시간은 지난날만큼이나 쏜살같이 지나가 버리겠지. 그사이 나는 네 덕분에 느낀 수많은 행복을 어쩌면 많이 잊을지도 모르겠다. 네가 없었다면 내가 눈감는 순간까지 절대 알지 못했을 기쁨을 선물한 너에게 나는 참 많이 고맙다. 사랑한다."

어떤 사전 정보도 없이 마주한 9.11 메모리얼은 테러 당시 아픔을 내가 상상하지 못한 방법으로 위로하고 있었다. 쌍둥이 건물 터 사면에서 아래로 떨어지는 물소리는 잔잔히 그리고 고요히 희생자들의 찰나를 그리고 가족들의 그리움을 달랬다. 나는 물이 떨어지는 소리만으로도 큰 위안을 줄 수 있다는 사실에 놀랐다. 엄마가 되고 내가 자주 한 고민은 "어떻게 하면 아이 마음에 공감하고, 위안을 줄 수 있을까?"였다. 누군가의 마음에 공감하고 위로를 전하는 일은 내가 취약한 구석 중 하나였기 때문이다. 울고 있는 아이에게는 "이렇게 혹은 저렇게 해 봐."라고 방법을 제시하는 것보다 지금 이 9.11 메모리얼 앞에 선 나처럼 아이의 흐느낌을 말없이 들어주는 것이 필요했을 텐데…….

때마침 희생자 이름이 새겨진 홈 사이에 꽂아 둔 하얀 장미꽃과
그 꽃을 비추는 햇살이 눈길을 끌었다. 집으로 돌아간 어느 날 아
이가 울기 시작한다면, 나는 왜냐고 묻는 대신 지금 저 햇살이 꽃
잎을 감싸 안듯이 그냥 아이를 꼭 안아주기로 했다.

빨간 운동화를 신고

진이 언니를 다시 만나기로 했다. 나는 가벼운 발걸음으로 웨스트 29번가로 향했다. 내가 먼저 스텀프타운 커피 로스터 Stumptown Coffee Roasters에 도착했다. 바리스타에게 카페라테를 주문했다. 바리스타는 짧은 머리에 플래드 무늬 셔츠를 입고 있다. 언뜻 봐서 여자인지 남자인지 분간이 안 간다. 여자일까, 남자일까? 커피를 기다리는 동안 나는 속으로 가늠해 보았다. 다시 보아도 모르겠다.

그 사이 진이 언니가 카페 안으로 들어선다. 우리는 주문한 커피를 받아 들고 매장 뒷문과 연결된 에이스 호텔 로비로 가서 자리를 잡고 앉았다. 어두운 조명을 사용하고 있는 로비가 독특하다. 이제야 상상 속 뉴욕에 도착한 기분이다. 거품 위에 나뭇잎을 그려 넣은 카페라테는 양이 무척 많다. 에스프레소처럼 커피가 진하면서도 맛은 부드럽다. 게다가 텁텁하지 않아 좋다.

커피를 바닥까지 비우고 난 뒤 언니와 함께 거리로 나섰다. 바람이 조금 쌀쌀하기는 하지만, 햇살이 좋다. 메디슨 스퀘어 파크 근처 플랫 아이언 빌딩Flat Iron Building 앞에서 언니에게 빌딩을 배경으로 기념 촬영을 부탁했다.

"야, 너 신발만 봐도 관광객 같아. 뉴요커는 이런 신발 안 신어."
사진을 찍으며 언니가 내 빨간색 운동화를 보고 말했다.

지난해 가을이었다. 자고 일어났더니 갑자기 허리에 힘이 들어가지 않았다. 일어나 앉지도 못할 정도로 상태가 심각했다. 출근을 포기하고 구급차를 불러 가까운 대학 병원 응급실로 갔다. 급한 대로 처치를 받았지만 쉽게 낫지 않았다. 워킹맘은 허리 치료받기도 쉽지 않았다. 물리치료는 시간이 오래 걸리다 보니, 점심을 거른 채 병원에 가지 않으면 좀처럼 시간을 내기 어려웠다. 운동으로 근육을 강화하면 통증이 덜하다고 하는데, 아이가 "엄마 언제 오냐?"고 전화를 해서 퇴근길에 다른 곳으로 샐 수도 없었다. 그렇게 일 년이 다 가도록 허리 통증은 잡히지 않았다. 급기야 잠자리까지 불편해졌다. 사정이 이렇다 보니 굽이 있는 구두는 신발장 안에서 잠자고 있었다. 뉴욕에 오면서도 구두 대신 운동화를 챙겼다.

"미국은 한국보다 신발 가격이 싸. 거기다 할인도 많이 하니까 너 앵글 부츠라도 하나 사! 저기 들어가 보자."

언니는 가까이에 있는 신발 가게로 나를 데리고 갔다. 허리가 좋지 않다고 말을 하긴 했지만, 맨날 보는 사이가 아니라 언니는 내 상태가 얼마나 심각한지 모르고 있었다. 언니는 단화 주변을 맴돌고 있는 내게 굽이 높고 앞 코가 뾰족한 구두나 부츠를 추천했다.

"앞 코가 뾰족해야 예쁘고 키도 커 보여. 너 왜 자꾸 동그란 코에 단화만 신어 보냐?"

난 감정 덩어리를 내뱉듯이 불쑥 답했다.

"언니, 저도 취향이 있어요. 앞이 둥글고 낮은 신발을 좋아한다고요. 그냥 제 마음대로 좀 볼게요."

언니는 내 반응에 당황했을 것이다. 그저 둥근 코가 발볼이 넓어서 편하다고, 허리가 많이 아파서 높은 굽은 아예 못 신는다고 대답하면 될 일이었다. 왜 그렇게까지 기분이 상했을까? 서로 다른 구두 취향은 우리의 달라진 일상 같았다. 앞코가 뾰족하고 굽이 높은 구두는 비혼인 진이 언니의 일상을 말했고, 이 빨간 운동화와 앞코가 둥근 단화는 기혼자인 내 일상을 말해주고 있었다.

휴일이면 자고 싶을 때까지 자고 먹고 싶을 때 먹고, 자유롭게 여행도 가는 게 진이 언니의 삶이다. 언니에게 명절은 긴 휴일이다. 휴일 앞뒤로 휴가를 붙여 유럽으로 꽤 긴 여행을 떠나곤 하였다. 평소엔 회사를 마치면 운동을 하러 간다고 했다. 퍼스널 트레이닝으로 다이어트에 성공한 언니는 예전보다 운동을 더 열심히 한다.

아이가 깨면 더 자고 싶어도 일어나야 하고, 운동할 시간은커녕 병원 갈 시간도 빠듯한 삶은 내 일상이다. 내게 명절은 감정노동이 집약된 날이다. '가족'과 함께 보내야 한다면서 시댁으로 모인 '남편 인척'들은 내 몸 상태에는 도무지 관심이 없다. 바닥에 앉아 반나절 전을 부치고 나면 통증이 더 심해진다. 나는 의자에 앉아 통증을 진정시킨다. 이때 누군가 말한다.

"왜 어울리지 않고 혼자 있어?"

이사 가기 전날 시댁에 가 제사 준비를 한 적도 있다. 남편은 회식이라고 자기 집 제사에 오지 않았는데, 나는 시집 제사에 가야 했다. 이 와중에 시집 인척 중 하나가 파스 붙이고 전을 부치라고 파스 봉지를 내밀었다. 결국, 나는 전을 다 부치고 나서야 집으로 가, 다시 밤이 늦도록 이삿짐을 챙겼다. 남편은 새벽에야 들어왔다.

내가 언니에게 내뱉은 감정 덩어리의 실체는 이것이었다.

"남편, 나도 내 가족이 있어. 우리 엄마는 나 허리 아플까 봐 봉지 하나도 못 들게 한다고! 그냥 내 식구랑 좀 있고 싶다고!"

브런치 카페
에이비시 키친

 진이 언니는 에이비시 키친ABC Kitchen이라는 레스토랑
으로 나를 데리고 갔다. 에이비시 카펫 앤드 홈ABC Carpet & Home이
라는 인테리어 소품 가게와 함께 있었다. 우리는 인테리어 소품
가게를 통해 건물 안으로 들어갔다. 눈이 휘둥그레졌다. 나는 옷
구경은 한 시간도 채 못하지만, 실내장식 소품 구경은 몇 시간도
할 수 있는 사람이다. 일단 식사를 하고 천천히 둘러보기로 했다.
레스토랑도 트렌디했다. 콘크리트 벽면을 노출한 실내장식이 마
음에 들었다. 4인용 테이블은 이미 만석이다. 우리는 하이 체어
High chair 자리에 앉았다. 밤엔 가볍게 칵테일을 마시는 사람들 차
지일 것 같다. 뭘 시킬지 상의한 뒤 시금치가 들어간 오믈렛과 버
섯 피자를 주문했다. 음식이 나오기를 기다리면서 주변을 살핀

다. 식당은 사람들 이야기 소리와 웃음소리로 가득하다. 평일 오전부터 이렇게 많은 사람이 여유롭게 식사를 즐기고 있다니, 놀랍다. 내가 늘 보냈던 서울의 평일 한낮 시간이 떠오른다.

학생 때는 15분 이상 밥을 먹어 본 적이 없고, 직장을 다니고 나서도 쫓기듯 밥을 먹었다. 12시부터 13시까지는 직장인이 몰리다 보니, 인기가 많은 식당은 조금만 늦어도 자리가 없다. 운 좋게 자리를 잡아도 밖에서 기다리는 사람들이 눈에 밟혀 느긋하게 밥을 먹을 수가 없다. 구내식당이 있는 회사로 옮기고 나서는 이미 정해진 메뉴라, 뭘 먹을지 정해야 하는 행복한 고민도 사라졌다. 회사에서 먹는 한 끼는 그나마 양반이다. 아이와 함께 하는 식사 시간은 십중팔구 전쟁터다. 궁둥이를 붙이기 무섭게 숟가락이 떨어지거나 물이 필요하다. 내 딴에는 작게 자른다고 잘랐는데도 아이 입에는 큰 반찬 때문에 음식용 가위를 가지러 밥상을 떠나기 일쑤다. 정신이 없다. 맛을 느끼지 못하는 건 둘째 치고, 어떻게 먹었는지조차 기억이 없다. 이럴 땐 어깨가 푹 내려앉는다. 뒤이어 허무함이 밀물처럼 밀려온다.

때마침 주문한 음식이 나왔다. 버섯 피자 중앙에 날 것에 가까운 반숙 달걀이 올라가 있다. 오믈렛 안에는 새파란 시금치가 들어가 있다. 유기농 음식으로 유명한 곳이라는데 솔직히 음식 맛은 별 세 개 반 정도였다. 그래도 난 좋았다. 음식 맛과 플레이팅Plating에 대해 수다를 떨며 밥을 먹는 게 대체 얼마 만인가!

짧은 점심시간에 쫓기지 않아도 된다. 아이를 살피느라 앉았다 일어났다, 먹는 둥 마는 둥 허둥대지 않아서 좋다. 맨해튼 브런치 레스토랑에 앉아 여유롭게 밥을 먹고 있는 이 상황이 그저 신기하다. 난 평화로운 시간을 만끽한다. '섹스 앤드 더 시티'에 자주 나온 사라배스Sarabeth's에서 먹는 브런치는 아니지만, 드라마에 나오는 배우들처럼 진이 언니와 나는 이렇게 식사를 '즐기는 중'이다. 시간이 아주 천천히 흘러갔으면 좋겠다.

우연히 찾아온
소확행

뉴욕은 나로서는 심하게 계획이 없는 여행지였다. "머무르고 싶은 곳에서, 있고 싶은 만큼 있을 자유"가 있고, "같은 곳에 두 번 간다고 해서 불평할 사람도 없는" 혼자 하는 여행이었기 때문이다. 카트린 지타, 「내가 혼자 여행하는 이유」, 걷는나무, 54쪽 그래도 브루클린엔 가보고 싶었다. 화려한 맨해튼도 좋지만, 서정적이고 빈티지 분위기가 나는 브루클린을 다녀와야 왠지 뉴욕 여행이 완결될 것 같은 느낌이 들었다. 게다가 진이 언니와 함께라면 더 오래 추억할 수 있을 것 같았다.

늦은 오후 우리는 브루클린행 지하철을 탔다. 전철 안에서 이야기를 나누다 보니 언니도 브루클린은 잘 모른다고 했다. 맨해튼 중심부에 주로 머물렀지 그곳엔 딱 한 번 가봤다고 했다. 어쩌지?

순간 당황했지만 나는 이내 생각을 고쳐먹었다. 아무려면 어떤 가. 어차피 이번 여행의 테마는 자유고 무계획인걸.

사실, 나는 브루클린에서 정확히 가고 싶은 곳은 없었다. 그냥 브루클린이면 그것으로 충분하다고 생각했다. 우리는 지하철이 브루클린 지역에 들어선 뒤 무작정 내렸다. 지상으로 올라왔을 때는 어둠이 내려앉은 뒤였다. 발길 닿는 대로 걷기 시작했다. 저녁 식사를 할 만한 곳이 있을까 주위를 둘러봤지만, 마땅한 곳이 없었다. 지나가는 사람도 드물었다. 바람이 불어오는 방향으로 걸었다. 그쪽에 강이 있을 터였다. 걷다 보니 'DEAD END' 또는 'END'라고 쓰인 표시판이 보였다. 그 뒤로 이스트강 까만 물결과 맨해튼 마천루가 눈앞에 펼쳐졌다. 그 중에도 유난히 높이 솟은 크라이슬러 빌딩이 눈에 들어왔다. 건물 상층부에서 내뿜고 있는 포근한 노란 불빛이 마음에 들었다. 강바람은 차가웠다. 그래도 우리는 별다른 말없이 이심전심으로 맨해튼 불빛을 오래 바라보았다.

더는 추위를 견딜 수 없을 즈음 우리는 길을 거슬러 나왔다. 저녁 식사 장소를 찾기 위해 거리를 조금 헤맸다. 그러다 1969년부터 영업 중이라는 어느 식당Peter's since 1969 앞에서 걸음을 멈췄다. 레몬색 바탕에 청록색으로 써놓은 가게 이름이 마음에 들었다. 로

브루클린 밤 산책

....

바람이 불어오는 방향으로 걸었다.
그쪽에 강이 있을 터였다.

티세리Rotisserie, 컴포트 푸드Comfort food, 로컬 비어Local beer. 가게 이름 밑에 적힌 문구를 발견한 우린 망설임 없이 안으로 들어갔다. 로컬 비어도 마음에 들었지만, 컴포트 푸드라는 말이 마음을 움직였다. 우리말로 옮기면 집밥, 가정식 정도가 아닐까 싶은데, 그 글씨를 보자마자 갑자기 집밥이 먹고 싶었다.

식당엔 동네 주민처럼 보이는 손님이 대부분이었다. 일상복을 입은 사람들이 음식을 포장해 가기도 했고, 혼자 와서 익숙한 듯 종업원과 이야기를 나누며 식사하는 손님도 있었다.

우리는 주문 방식을 파악하느라 머뭇거리다 세 가지 음식을 고를 수 있는 메뉴를 선택했다. 매시 포테이토, 익힌 채소, 갈비찜과 장조림 사이 어디 즈음에 있는 고기 요리 하나를 시켰다. 고기 요리는 살이 부드럽고 간도 적당해 좋았다. 매시 포테이토는 내가 먹어 본 것 중 가장 맛있었다.

아침부터 시작한 하루 일정을 마무리하기에 딱 좋은 식당이었다. 진이 언니와 맥주잔을 기울이며 이런저런 이야기를 나눴다. 제법 쌀쌀한 바람 탓인지 맥주 한 잔에 양 볼이 빨갛게 달아올랐다. 나는 이 집이 세련미 넘치는 맨해튼 에이비시 키친 만큼이나 좋았다. 에이비시 키친은 뉴욕다워 좋았고, 이 식당은 소박해서 마음에 들었다. 시금치 오믈렛 접시는 우아하고 감각적인 장식이 좋았고, 고기 양념이 매시 포테이토까지 흘러 들어간 매시 포테이토 접시는 정감이 가서 따뜻했다.

목적지 없이 거닐던 브루클린에서 가슴 속에 살아남아 때때로 뉴욕을 그리워하게 할 두 가지 기억 조각을 담아왔다. 막다른 길에서 마음 따뜻해지는 크라이슬러 빌딩 불빛을 보았고, 길을 걷다가 우연히 만난 어느 식당에서 웃음이 번지는 미국 가정식을 먹었다. 미리 정해 놓은 명소와 맛집을 찾았더라면 소중한 추억 두 조각을 얻지 못했으리라. 진이 언니와 나눈 이야기가 다 기억나진 않지만, 우리는 그 식당에서 많이 웃었고 넘치게 유쾌했다. 그리고 평범했던 한 끼 식사는 지금 생각해도 마음이 포근해진다.

브루클린 다리
아래에서

진이 언니가 한국으로 떠났다. 타국에서 만나서 그럴까? 하루 이틀 같이 보냈을 뿐인데 마음이 허전하다. 허전한 마음을 달래려고 덤보DUMBO로 길을 잡았다. 텔레비전 화면으로 보았던 '건물 숲 사이 맨해튼 다리'를 찾아 걷기 시작했다. 얼마 지나지 않아 양쪽으로 빼곡히 차를 세워 놓아 좁아진 길과 맨해튼 다리가 눈앞에 나타났다. 여행객들이 맨해튼 다리를 배경으로 사진을 찍고 있었다. 나도 여행자이면서 그 모습을 무심히 바라보았다.

덤보는 'Down Under the Manhattan Bridge Overpass'의 약자로 브루클린 지역의 맨해튼 다리와 브루클린 다리 사이를 말한다. 선착장 주변 창고들이 화랑으로 바뀌면서 문화의 거리가 되었다. 몇 해 전 방영된 '무한도전' 뉴욕 특집 프로그램을 통해 이곳을 알게 됐다. 언제부터 관광객에게 유명한 장소가 된 것인지는 알 수 없지만, 뉴욕 여행 사진에 꼭 나오는 장소 중 한 곳이었다. 나도 뉴욕에 간다면 꼭 가봐야겠다고 생각한 바로 그 장소였다.

덤보 사진은 맨해튼 다리 사이로 엠파이어 스테이트 빌딩이 나오도록 하는 것이 핵심이라는데, 팔을 쭉 뻗어 다리를 배경으로 셀피를 찍으니 내가 빌딩을 다 가렸다. 해까지 등 뒤에 있어 얼굴만 어둡게 보이는 사진을 확인하고는 이내 사진 찍기를 포기했다.

맨해튼 다리 쪽으로 좀 더 걸어가다가 왼쪽으로 방향을 틀었다. 도로 위 철길과 그 옆을 무심히 지키고 서 있는 갈색 벽돌 건물, 그리고 브루클린 다리가 눈에 들어왔다. '원스 어폰 어 타임 인 아메리카'의 주인공들이 금방이라도 튀어나와 내 앞을 스쳐 지나갈 것만 같다. 철길 위에서 결혼사진 촬영을 하는 커플이 보였다. 커플을 지나쳐 브루클린 다리 쪽으로 쭉 걸어갔다.

서울, 내 침실 벽에는 불빛을 받은 브루클린 다리 사진이 걸려 있다. 조금만 더 기다리면 사진 속 다리 풍경을 실제로 볼 수 있다. 해가 뉘엿뉘엿 지기 시작했다. 잠시 앉았다 일어날 생각으로 자리를 잡았는데, 노래를 들으며 강 건너 맨해튼 윤곽을 넋 놓고 보고 있자니 어느새 어둠이 내려앉아 강물이 먹빛이 되었다.

먹빛 강물을 춤추게 하는 것은 도시의 빛이었다. 맨해튼 건물 숲은 빛의 공연을 시작했고, 브루클린 다리 역시 온 힘을 다해 빛을 뿜어낸다. 다리 밑에 우두커니 서서, 일상으로 돌아간 어느 날, 이 아름다운 다리를 고스란히 꺼내 볼 방법을 고민해 봤다. 가방에서 카메라를 꺼내 들었다. 동영상 모드로 브루클린 다리에서 시작해 맨해튼 건물 숲을 지나 맨해튼 다리까지 카메라에 담았다.

내가 브루클린 다리를 찾은 또 하나의 이유는 한 여성을 기억하기 위해서이다. 에밀리 로블링1843~1903이 없었다면 브루클린 다리는 이 세상에 존재할 수 없었다. 1866년, 에밀리의 시아버지 존 로블링1806~1869이 브루클린 다리 건설 공사의 총감독이 되었다. 존 로블링은 독일 이민자 출신 토목 엔지니어이자 현수교의 아버지로 불리는 사람이었다. 이스트강 위에 케이블 다리를 놓아 맨해튼과 브루클린을 연결하자는 제안도 그가 내놓은 것이다. 하지만 3년 뒤 그는 공사를 감독하다 생긴 상처에 파상풍이 번져 곧 세상을 떠나고 만다. 공사 책임을 이어받은 사람은 존 로블링의 아들이자 에밀리의 남편 워싱턴 로블링1837~1926이었다. 하지만 3년 뒤, 교각 기초 공사를 감독하기 위해 수심 아래로 내려갔다가 심한 잠수병에 걸렸다. 워싱턴 로블링의 증상은 평생 침대에 누워있어야 할 만큼 심각했다. 브루클린 다리 공사는 물거품

에밀리 로블링을 기억하며

....

내가 브루클린 다리를 찾은 또 하나 이유는
한 여성을 기억하기 위해서이다. 에밀리 로블링이 없었다면
브루클린 다리는 이 세상에 존재할 수 없었다.

이 되는 것처럼 보였다. 이때 에밀리 로블링이 잔다르크처럼 등장한다.

처음 에밀리가 현장 책임자로 나서겠다고 선언했을 때, 모든 사람이 반대했다. 심지어 로블링 가문에 공사를 맡긴 뉴욕주도 에밀리를 인정하지 않았다. 여성을 대하는 태도가 조선 시대와 다를 바 없었으니 그럴 만도 했다. 에밀리는 물러서지 않았다. 에밀리는 뉴욕주와 공사 관계자, 시민들에게 공사 계획을 설명하며 여성에 대한 편견과 싸워나갔다. 진정성 있는 설득과 비전 제시로 에밀리는 마침내 미국 여성 최초로 건설 현장 책임자가 되었다. 남편 워싱턴은 여전히 총감독으로, 병상에 누워 에밀리를 도왔다. 1883년, 에밀리가 책임 엔지니어가 된 지 8년 만에 이스트강 위에 세상에 없던 현수교가 온전히 모습을 드러냈다. 그해 5월 24일, 건설 현장 노동자들이 일제히 모자를 머리 위로 들어 올려 환호성을 질렀다. 바로 그 순간, 승리를 상징하는 수탉을 안은 에밀리 로블링이 브루클린 쪽에서 마차를 타고 처음으로 다리를 건넜다. 같은 시각 맨해튼 방향에서 다리를 건넌 미국 대통령 체스터 아서와 뉴욕 주지사가 축하 밴드를 앞세우고 다리 중간에서 에밀리를 맞이했다.

"브루클린 다리는 여성의 헌신과 역량을 보여주는 위대한 기념

비이다."

브루클린 다리 완공 기념사에서 뉴욕 시장을 지낸 애브럼 헤위트가 한 말이다. 이 말은 에밀리 로블링, 워싱턴 로블링, 존 로블링 세 사람의 이름과 함께 브루클린 다리 기념비에도 새겨져 있다. 19세기 말, 486m 브루클린 다리는 세계에 뉴욕의 진보한 문명을 보여주는 창이었다. 동시에 집 안에 갇혀 있던 여성이 빛의 세상으로 뚜벅뚜벅 걸어 나오고 있음을 알리는 아름다운 선언이었다. 에밀리 로블링이 없었다면, 에밀리가 기득권의 반대에 부딪혀 끝내 좌절했다면, 브루클린 다리는 존재할 수 없었다. 뉴욕은 에밀리 덕에 세상에서 가장 아름답다고 찬사를 받는 현수교를 가질 수 있었다. 뉴욕은 이 당찬 여성 엔지니어 덕에 감성 깊고 예술성 강한 풍경을 얻을 수 있었다.

바람이 머릿결을 스치고 지나간다. 마차를 타고 에밀리가 처음으로 저 다리를 건넜을 때도 바람이 에밀리의 머릿결을 스쳤을 것이다. 다시 바람이 분다. 분명 차가운 바람인데, 이상하게 춥지 않다. 오히려 가슴 깊숙한 곳에서 뜨거운 기운이 몽글몽글 올라온다.

반대편으로 가는
지하철을 탔다

 브루클린 다리 아래에서 생각보다 오래 머물렀다. 맨해튼으로 어떻게 돌아갈 것인지 고민을 해야 한다. 걸어서 다리를 건널 것인지, 지하철을 타고 갈지 결정해야 한다. 다리 준공식 날 에밀리 로블링이 그랬듯 걸어서 다리를 건너고 싶었다. 마음 같아선 브루클린 타워도 가까이에서 보고 싶었지만, 이미 바닥 난 체력이 문제였다. 한 시간을 걸어가기는 힘들겠다는 생각이 들었다.

지하철을 타기로 마음먹고 역 쪽으로 걸었다. 지하철역에 다 왔는데 맨해튼으로 돌아가는 막차는 이미 운행을 마쳤단다. 아니, 이렇게 일찍 끊기나? 나는 그제야 시계를 봤다. 밤 9시가 다 되어가고 있었다. 그럼 어쩌지? 택시를 타야 하나? 나는 지나가는 사람을 붙잡고 맨해튼 가는 법을 물었다. 그는 다른 역으로 가서 다른 노선을 타야 한다고 말하고는 바쁜 걸음으로 사라졌다.

사람들이 움직이는 방향대로 무작정 걸었다. 얼마 후, 무사히 다른 지하철역에 도착했고, 무사히 지하철을 탔다. 그런데, 아니다. 나는 네댓 정거장이 지난 뒤에야 지하철이 반대 방향으로 가고 있다는 사실을 깨달았다. 안내 방송을 듣다 보니 올 때 들었던 역 이름이 하나도 들리지 않는다. 허둥지둥 지하철 노선도를 펼쳤다. 내가 탄 열차는 맨해튼과 반대 방향으로 달리고 있다. 맨해튼행 지하철이 끊겼으면 어떡하지? 조바심을 안고 다음 역에서 내렸다. 막차를 놓칠까 봐 불안했는데, 다행히 열차를 탈 수 있었다. 결국, 열 시가 다 되어 숙소에 도착했다. 브루클린 타워도 보고 맨해튼 야경도 구경하고, 차라리 다리를 걸어서 건너왔으면 더 좋았을걸! 뒤늦게 후회했지만, 이미 부질없는 일이었다.

왜 노선마다 막차 시간이 다르다는 사실을 까맣게 잊고 있었을까? 휴대용 노선도에 간략하게 설명이 있는데 왜 반대 방향으로 가는 지하철을 탔을까? 문득 스마트폰을 손녀보다 못 다루는 엄마가 생각났다. 엄마는 도통 스마트폰 다루는 소질이 없다. 내가 쓰던 스마트폰을 사용하는데 벨 소리는 여전히 오래전에 설정한 지누션의 '전화번호'다. 글씨를 키우는 방법도 몇 번을 알려 드렸지만, 원상태로 돌아갈 때마다 글씨를 키워 달라고 한다. 신기하게도 딸은 누가 가르쳐 주지 않아도 앱을 열어 자신이 원하는 것을 찾아낸다. 동영상 크기를 조정하고 원하는 방향으로 화면을 회전한다. 아이가 스마트폰을 만지고 나면 나도 모르는 사이 배경화면이 바뀌어 있다.

엄마에게 스마트폰은 어느 날 갑자기 일상에 끼어든 어색한 신문물이다. 반대로 딸은 디지털 인류이다. 딸에게 스마트폰은 태어난 순간부터 함께 한 익숙한 장난감이다. 뉴욕에서 나는 딸보다는 엄마에 가까웠다. 서울에서라면 눈감고도 탔을 지하철을 뉴욕에선 쩔쩔매며 겨우 막차를 탔다. 낯선 공간이 나를 불안하게 한 모양이다. 불안은 두려움으로 번졌고, 내 오감은 꽁꽁 얼어붙었다. 불안은 영혼을 잠식한다더니, 오늘 내가 꼭 그랬다.

그나저나 몸이 천근만근이다.

세계를 비추는 자유,
그 이면

 오늘은 자유의 여신상을 보러 가기로 했다. 서두른다고
서둘렀지만 열 시가 넘어 페리 선착장에 도착했다. 자유의 여신
상은 겉으로 보기에는 단순한 조각상 같지만, 내부에 계단과 승
강기가 있고 왕관까지 오르면 전망대가 있다. 하지만 나는 리버
티 섬에 내리지 않을 작정이다. 섬을 지나쳐 스태튼 아일랜드까
지 가는 출퇴근용 무료 페리 위에서 멀찌감치 떨어져 자유의 여
신상을 감상해 보기로 마음먹은 까닭이다. 이유는 뭐, 좀 복잡하
다. 그냥 썩 내키지 않았다고 해두자.

1620년 영국 청교도에서 시작한 아메리칸 드림은 100년 전에
도 이어졌다. 자유의 여신상의 정식 이름은 세계를 비추는 자유
Liberty Enlightening the World이다. 1876년 미국 독립 100주년을 축하

아메리칸 드림의 이면

· · · · · · · · · · · · · ·

쇠사슬로 손잡이를 묶어 고정해 둔 페리 출입문 너머로
아메리카 원주민 땅에 올라선 맨해튼 건물 숲이 보이기 시작했다.

하기 위해 프랑스가 만들어 기증했다. 자유의 여신상은 꿈과 자유를 찾아 대서양을 건너 뉴욕항으로 들어오는 유럽 이민자를 가장 먼저 맞이했다. 오른손에는 세계를 비추는 자유의 빛을, 왼손에는 미국 독립선언서를 들고 말이다. 이주민들은 불안과 함께한 긴 항해가 끝났음을 알고 안도하는 한숨을 길게 내쉬었을 것이다. 또 누구는 따뜻하게 맞이해주는 저 거대한 여신상을 보고 감격의 눈물을 흘렸으리라.

자유, 기회의 땅, 아메리칸 드림. 이민자의 나라이기에, 미국 앞에는 이런 멋진 수식어가 붙는다. 하지만 난 이런 수식어를 들을 때마다 마음 한구석이 석연치 않다. 아메리카 대륙을 인도로 착각한 콜럼버스 때문에 엉뚱하게 인디오(인디오는 스페인어로 인도인이라는 뜻이다.)라고 불리게 된 원주민이 떠오르기 때문이다. 유럽인 이주 초기, 아메리카 원주민은 이주민에게 순순히 땅을 내주었다. 메이플라워호를 타고 미국으로 건너간 초기 청교도들도 원주민이 내준 땅과 그들이 가르쳐준 옥수수 재배법 덕에 목숨을 건질 수 있었다. 그런데도 이주민들은 관습과 문화, 종교가 다르다는 이유로 원주민들을 몰아내기 시작했다. 급기야 유럽 이주민은 서부 개척이라는 그럴듯한 욕망의 언어 뒤에 숨어 원주민들을 무참하게 도륙했다. 결국, 원주민은 유럽인들이 세운 미국이라는 나라에, 이주민들이 그렇게 내세우는 '자유와 꿈'을 다 빼앗기고, 유

보지Reservation라 이름 붙인 강제이주 지역에 완전히 갇히게 되었다. 아메리카 원주민에게 유럽 이주민은 괴물 같은 살인자이자 지독한 침략자였다.

미국 역사는 이주 청교도들이 본국의 과도한 과세 정책에 저항하여 동인도 회사 배에 실린 차를 바다에 던져버린 보스턴 차 사건에서 시작된다. 신대륙에 정착한 이주민들이 본국 군대인 영국군에 항전한 것, 그리고 영국으로부터 독립을 선언한 것, 이것이 미국이라는 나라의 시작이다. 원주민을 몰아내고 그 땅 위에 나라를 세운 사람들, 그것을 기념하고 자랑하기 위해 만든 화려한 수식어들, 그것을 축하하며 '세계를 비추는 자유'라는 여신상을 선물한 사람들…….

페리 위에서 자유의 여신상을 바라보다 문득 '지금 저 횃불이 비추는 세계는 어디인지, 그 세계 안에 아메리카 원주민이 있는지, 그리고 나도 있는 것인지' 궁금해졌다. 스스로 이런저런 질문을 하는 사이, 페리는 목적지에 도착했다. 잠시 후 나는 조금 착잡한 마음으로 맨해튼 행 페리에 다시 몸을 실었다. 얼마 지나지 않아 쇠사슬로 손잡이를 묶어 고정해 둔 페리 출입문 너머로 아메리카 원주민 땅에 올라선 맨해튼 건물 숲이 보이기 시작했다.

첼시 마켓,
산책하듯 쇼핑하기

 뉴욕을 여행하면서 유일하게 두 번 갔던 곳이 있다. 첼시 마켓이다. 오래된 과자 공장을 개조하였다. 식료품 판매장과 음식점이 많지만 작은 소품이나 기념품, 옷을 파는 가게도 있다. 천장에 달린 둥근 빈티지 시계, 붉은 벽돌, 유명 배우의 흑백 사진, 활처럼 둥근 통로가 자연스럽게 어우러져 독특하고 매력적인 분위기를 자아낸다. 건물 안은 사람들로 북적였다. 핼러윈 장식도 군데군데 남아 있었다.

첼시 마켓에는 사라배스 매장도 있다. 처음에는 작은 빵 가게로 시작했다가 뒤에는 브런치 식당으로 유명해졌는데, '섹스 앤드 더 시티'에 자주 등장하면서 더 유명해졌다. 진이 언니의 조언으로 사라배스에서 두 가지 종류 마멀레이드를 샀다. 하나는 오렌지 살구 맛사라베스의 시그니처 아이템이다, 다른 하나는 딸기 라즈베리 맛이었다. 짐을 거추장스러워하기에 혼자 갔다면 마멀레이드를 두 병이나 사서 들고 다닐 생각은 하지 않았을 텐데, 언니가 옆에서 귀에 쏙 들어오는 조언을 해줬다.

"한국 백화점에서도 팔기는 해. 근데 여기가 훨씬 싸! 사 가는 게 돈 버는 거야."

'그래, 여기는 뉴욕이고, 나는 지금 사라베스에 있어. 내가 언제 또 오겠어.' 나는 어느새 양손에 마멀레이드 병을 들고 언니에게 기념 촬영을 부탁했다.

첼시 마켓 분위기가 마음에 들었다. 며칠 뒤, 혼자서 산책하듯 다시 찾았다. 팻 위치 브라우니Fat Witch Brownies에서 가족 선물을 골라보기로 했다. 앙증맞은 마녀 캐릭터 스티커를 붙인 낱개 포장된 브라우니는 지인들에게 주면 딱 좋을 만한 선물이었다. 예쁘게 포장된 브라우니 선물 상자는 가격이 만만치 않았다. 네모반듯한 모양으로 브라우니를 잘라내고, 남은 자투리를 모아서 파는 위치 엔드Witch End 상품보다 두 배 이상 비쌌다. 나는 고민이 됐다.

"그냥 위치 엔드를 살까?"

엄마라면 뭘 샀을까? 엄마는 종종 조금 멍든 과일을 사 왔다. 정

뉴욕의 빈티지, 첼시 마켓

....

첼시 마켓은 천장에 달린 둥근 빈티지 시계,
붉은 벽돌, 유명 배우의 흑백 사진, 활처럼 둥근 통로가
자연스럽게 어우러져 독특하고 매력적인 분위기를 자아낸다.

상 가격보다 싸게 사서는 멍든 부분을 도려내던 엄마 모습이 떠올랐다. 가장자리 브라우니는 멍이 든 것도 아니니 도려낼 것도 없었다. 고민을 끝내고 오리지널 위치 엔드를 집어 들었다.

나는 한국 백화점보다 싸다는 사라배스에서 마멀레이드를 사 '돈을 벌었다.' 팻 위치 브라우니에서는 못생긴 브라우니를 사서, 돈을 아꼈다. 한국에서라면 하지 않았을 소비 두 번으로 돈을 벌었고, 이제 가족들이 마멀레이드와 브라우니를 맛있게 먹어줄 일만 남았다.

종신 무임금
가사·육아 도우미

 뉴욕 맨해튼의 심장, 센트럴 파크에 갔다. 서쪽 어귀에 닿
았다. 공원 안으로 들어서자마자 스트로베리 필드Strawberry Fields
가 나온다. 스트로베리 필드에는 1985년, 존 레넌 아내 오노 요코
가 비용을 부담해 만든 존 레넌 추모비가 있다. 반전과 세계 평화
를 노래했던 그의 대표곡 '이매진'을 새겨 넣은 원 모양 추모비다.
이매진Imagine이라고 새긴 둥근 타일 바닥 둘레에 사람들이 삼삼
오오 모여 있다. 그 앞에서 기타를 메고 노래를 부르는 길거리 음
악가도 보인다. 추모비와 인파, 그리고 공연자가 한눈에 들어오
는 의자로 가서 앉았다. 르뱅 베이커리에 들러 포장해 온 핫 초콜
릿과 초콜릿 쿠키를 의자 위에 펼친다. 주문을 받던 직원의 눈빛
이 떠올라 혼자 피식 웃었다. 줄 서서 기다리다가 내 차례가 되었

다. 나는 '핫 초코'를 주문했다. 직원은 다시 말해달라는 눈빛으로 나를 봤다. 뭐가 잘못된 것인지 바로 알아채지 못했다. 몇 초가 흐른 뒤 내가 한국식 영어 표현으로 주문했다는 사실을 깨달았다. "아, 핫 초콜릿!" 나는 다시 음료를 주문했다. 천천히 핫 초콜릿을 한 모금 마셨다. 진하고 달콤한 맛이 밀려들어 온다.

길거리 공연자는 '이매진'을 불렀다. 새삼스럽게 가사를 되새긴다. 내가 어렴풋이 알고 있는 오노 요코와 존 레넌 이야기는 둘이 사랑에 빠졌을 때 각자 가정이 있었다는 것, 비틀스 멤버와 팬들은 이 둘의 사랑과 오노 요코를 좋아하지 않았다는 것 따위다. 스트로베리 필드 앞에서 이매진을 듣고 있자니, 둘의 사랑 이야기가 궁금해져 그 자리에서 검색창을 열었다. 존 레넌과 이매진을 검색어로 입력했다. 이매진은 오노 요코에게 영향을 받아 만든 곡이었다. 흥미로운 사실이 하나 더 있다. 오노 요코는 페미니스트이기도 했는데, 그 영향으로 존 레넌이 대중가요 역사상 최초로 여성해방을 주제로 한 'Woman is the Nigger of the World'여성은 세상의 노예라는 노래를 불렀다는 것이다. 가사를 찾아봤다.

If she won't be slave, we say that she don't love us
Woman is the slaves of the slaves

마음이 울컥했다. 결혼하고 나서 더 자주, 더 많이 나를 괴롭히던

스트로베리 필드의 이매진

....

스트로베리 필드를 떠나며 이매진 가사를 다시 되뇌어 본다.

종교도 국가도 소유도 없는 세상은 어떤 세상일까?

화두였다. 여성해방운동이 시작되고 반백 년이 흘렀지만, 내 일상은 아직도 존 레넌 가사와 정확히 맞아떨어졌다. 딸의 배우자는 백년손님이지만, 아들의 배우자는 '종신고용 무임금 가사·육아 도우미' 정도로 여겨진다. 가사노동과 육아를 조금이라도 나눠 맡는 남성들은 "해야 할 일을 나눠서 한다."고 말하지 않는다. 그들은 대부분 "아내를 도와준다."고 말한다. 아침저녁으로 아이 돌보기를 전담하며 돈도 벌어야 하는 워킹맘에게, 누군가의 손길이 몸에 와 닿는 것은 또 다른 의무의 순간이 될 때가 많다. 이때 '자기 결정권'을 행사할라치면 "날 사랑하지 않는구나."하고 엉뚱한 화살이 날아오는 것을 감수해야 한다.

언론의 폭력성을 다룬 『카타리나 블룸의 잃어버린 명예』를 읽으면서 내가 주목한 구절은 살인 용의자로 검찰 조사를 받은 카타리나 블룸이 조서를 살피며 서명을 거부한 대목이었다. 카타리나 블룸은 남자들의 치근거림이 다정함으로 기록되어 있는 조서에 문제를 제기했다. 카타리나는 몹시 분노했고 있는 힘을 다해 항의했다. 다정함은 양쪽에서 원하는 것이고, 치근거림은 일방인 행위인데 자신이 말한 이야기는 항상 후자였노라고, 따라서 치근거림을 다정함이라고 쓴 조서에는 절대 서명할 수 없다고 말한다. 이 차이는 카타리나 블룸에게 결정적인 의미를 지니는 것이다. 카타리나는 남편은 다정한 적이라고는 한 번도 없었고 늘 치근댔다고 말한다. 하인리히 빌, 『카타리나 블룸의 잃어버린 명예 혹은 폭력은 어떻게 발생하고 어떤 결과를 가져올 수 있는가』, 민음사, 30~31쪽

'여성은 세상의 노예다'라는 존 레넌 가사와 정확히 일치하는 현실이다. 여성은 노예 중에서 노예이고, 노예가 되고 싶지 않다고 말하면 "너는 나를 사랑하지 않는구나."라는 말이 화살처럼 돌아온다.

거리 공연 노래가 끝날 때까지 기다렸다가 기타 케이스 안에 동전을 몇 개 넣었다. 스트로베리 필드를 떠나며 이매진 가사를 다시 되뇌어 본다. 종교도 국가도 소유도 없는 세상은 어떤 세상일까? 반전과 여성해방을 꿈꾼 오노 요코와 존 레넌의 세상에는 르뱅 베이커리 핫 초콜릿처럼 달콤한 냄새가 가득 차 있을지도 모른다는 생각이 들었다.

센트럴 파크의
뉴요커

센트럴 파크 안을 천천히 걸었다. 꽤 넓은 호수가 있다. 단풍에 물든 가을날, 센트럴 파크 풍경은 호수처럼 잔잔하다. 가을인데도 잔디밭이 푸르다. 잔디밭엔 가을 햇살을 즐기는 사람들이 듬성듬성 자리를 잡고 앉았다. 돗자리가 있다면 나도 한동안 그 위에 누워 하늘 파란빛을 즐겼으면 좋겠다. 햇살이 좋다. 재킷을 벗어 허리에 묶는다.

조깅 코스를 따라 운동하는 사람이 많다. 세 발 유모차를 한 손으로 밀면서 뛰는 아이 엄마가 내 앞을 지나간다. 아이 때문에 운동할 시간이 없다고 생각했는데, 그 모습을 보니 아이 때문이라는 말은 그냥 핑계일 뿐이라는 생각이 든다. 조금 부끄럽다가 금

가을, 센트럴 파크

....

단풍에 물든 가을날, 센트럴 파크 풍경은 호수처럼 잔잔하다.

햇살이 좋다. 재킷을 벗어 허리에 묶는다.

방 마음이 바뀐다.

'그래, 유모차에 누워있는 아기라 그렇지. 아이가 제 생각을 말하기 시작하면 저렇게 운동하는 것도 힘들어.'

구겐하임 미술관 쪽으로 가보기로 하고 다시 방향을 잡는다. 미술관 외관이 거대한 달팽이 모양 그릇 같다. 대학 시절 교양 영어 시간에 '내부에 계단이 없는 미술관'이라고 지문에서 읽은 기억이 떠오른다. 내부로 들어갈까 하다가 그만두었다. 왠지 오늘은 자연을 만끽하고 싶다.

다시 공원 안으로 들어섰다. 마침 비눗방울 공연이 시작됐다. 비눗방울 공연가가 크기가 사람 몸통만 한 비눗방울을 만들어 보여준다. 역시 아이들에게 인기다. 주변에 있던 꼬맹이들이 신이 나 모여들었다. 아이들 몸을 감싸는 큰 비눗방울을 몇 번 만들어 주더니, 하트 모양 비눗방울도 보여준다. 아이들이 깨물어 주고 싶을 만큼 해맑게 웃는다. 아이의 부모가 동전통에 성의 표시를 한다.

'아이들을 저렇게 환하게 웃게 해주고 돈도 벌 수 있다니 참 행복한 일이네.'

어느덧 남쪽 어귀까지 걸었다. 단풍잎이 아직 한창인데 아이스링크가 벌써 문을 열었다. 몇몇이 스케이트를 탄다. 단풍을 보며 스케이트 타는 기분은 어떨까? 스케이트장이 내려다보이는 큰 바

위에 누워 남녀가 이야기를 나누고 있다.

'저 둘을 방해하면 안 되겠지?'

나도 바위에 누워 햇빛을 즐기고 싶다, 생각하며 그냥 지나친다.

남쪽 문으로 센트럴 파크를 빠져나왔다. 큰길 건너로 플라자 호텔과 도심 속 빌딩 숲이 다시 보이기 시작했다. 플라자 호텔을 보니 자연스럽게 영화 '나 홀로 집에'가 떠오른다. 케빈이 비행기를 잘못 타 혼자 뉴욕에 오게 된 이야기 '나 홀로 집에 2-로스트 인 뉴욕'에도 센트럴 파크의 뉴요커, 비둘기 아줌마가 등장한다. 비둘기 아줌마 덕분에 가족의 소중함을 깨달은 케빈과 케빈 덕분에 숨겨 둔 감정을 다시 꺼내 볼 용기를 얻는 비둘기 아줌마의 우정을 떠올리자 따뜻한 기운이 나를 감싼다.

여행자 A와
하루를 보내다

 록펠러 센터 전망대를 다녀온 며칠 뒤, 민박집에서 만난
여행자 A와 맨해튼 동쪽 이스트강에 떠 있는 루즈벨트 아일랜드
로 갔다. 저녁 무렵 맨해튼 이스트 59번가에서 빨간색 트램케이블
카을 탔다. 트램은 케이블을 타고 하늘 위를 날더니, 이윽고 우리
를 루즈벨트 섬에 내려줬다.

루즈벨트 아일랜드는 남북으로 길게 뻗어 있다. 1900년대 초까
지 맨해튼과 격리된 섬 마을이었다. 감옥, 정신병원, 천연두 전문
병원이 이곳에 있었다. 지금은 위치 덕에 뉴욕의 손꼽히는 전망
명소가 되었다. 봄에는 벚꽃이 아름답기로 소문이 나 있다.

트램 정거장 앞쪽으로 우거진 갈대가 가을 정취를 더해준다. 우
리는 길을 따라 남쪽으로 내려갔다. 가을 저녁이라 날이 좀 을씨

년스러웠지만, 날씨에 아랑곳하지 않는 듯 사람들이 개를 데리고 나와 밤 산책을 즐긴다. 섬 남쪽에 다다를 즈음 맨해튼이 시야 가득 들어온다. 마천루의 밤 경관이 숨을 멎게 할 만큼 장관이다. 나와 여행자 A는 카메라를 파노라마 모드로 돌려 남북으로 길게 뻗은 맨해튼을 한 앵글에 담았다. 수평을 유지하고 천천히 카메라를 돌려야 하는데 성급하게 움직이는 바람에 몇 번을 다시 했다. 드디어 파노라마 모드 찍기에 성공했다.

다음은 서로 기념사진을 찍어 줄 차례다. 진이 언니와 보낸 하루를 빼놓고 줄곧 혼자였기 때문에 변변한 사진 한 장을 남기지 못했기에 내게 좋은 기회였다. 셀피 속 얼굴은 어딘지 모르게 쓸쓸해 보였는데, A가 찍어 준 사진 속 나는 유쾌하게 웃고 있다. 여행 내내 혼자라 눈치 볼 필요도 없어 편하다고 생각했지만, 사실 조금 외로웠던 것일지도 모르겠다.

우리는 맨해튼으로 돌아와 숙소 가까이에 있는 햄버거 가게에서 저녁을 먹었다. 음료로 생맥주를 시켰는데, 온스를 리터로 바꿔 생각하는데 서툴러 1리터짜리 생맥주를 각자 한 잔씩 주문했다. 우리는 맥주잔이 나오고 나서야 그 사실을 깨달았다. 하하하! 크기가 내 얼굴만 한 잔을 보고 우리는 동시에 웃음을 터뜨렸다. 우리는 이런저런 이야기를 나눴다. 대화를 나누다가 A가 나와 같

은 대학교에서 의학을 전공했다는 사실을 알았다. 그는 다른 대
학병원으로 가서 인턴, 레지던트, 전문의 과정까지 마쳤고, 지금
은 이렇게 내 앞에 앉아 있다. 전공도 다르고, 하는 일도 다르지
만 나와 여행자 A는 비슷한 과정을 거쳐 여기까지 왔다. 우리는
여성을 위해 건배를 했다. 술잔을 기울이는 사이, 뉴욕의 가을밤
이 깊어가고 있었다.

나는
어디에 있는가

 다시 뉴욕의 아침이 밝았다.

록펠러 센터 야경 감상, 자유의 여신상, 브루클린, 첼시 마켓, 센트럴 파크, 루즈벨트 섬, 맨해튼 브런치 카페……. 뉴욕 여행을 준비하면서 꼭 가야겠다고 꼽은 버킷 리스트가 어느 정도 마무리되었다. 아, '섹스 앤드 더 시티'의 캐리가 살던 그리니치 빌리지 산책도 했다. 또 무얼 했지? 뉴욕 대학교 앞에 있는 싱크 카페 Think Cafe에서 베이글을 먹었고, 디즈니 숍에서 딸에게 선물할 옷과 스노 볼도 샀다.

"오늘은 뭘 할까?"

아침부터 일정을 고민하는데 여행자 A가 새로운 제안을 했다. 러시 티켓Rush Ticket을 사러 나갈 건데, 뮤지컬 볼 거면 내 것도 사다 주겠다고 한다.

"아, 좋아요. 근데 오래 기다려야 할 텐데……"

뉴욕 여행이니 브로드웨이 공연 하나 정도는 보고 돌아가야겠다고 생각했지만, 아침 일찍 표를 사려고 줄을 서는 게 부담스러워 차일피일 미루던 차였다.

"아니에요. 어차피 사는 건데요."

"고마워요. 그럼 이따 같이 봐요."

밝은 표정으로 숙소를 나갔던 여행자 A가 '피핀'Pippin 관람권을 사서 돌아왔다. 늦은 오후, 나는 공연에 대한 아무런 정보도 없이 극장에 앉았다. 공연이 시작되었다. 사회자가 극 중 인물들에게 말을 걸기도 하고, 관객에게도 이야기한다. 공연 마지막에는 불 속으로 뛰어들기를 포기하는 피핀에게 사회자가 화를 낸다. 극 중 대사를 다 알아들을 수는 없었지만 대충 '나를 찾아가는 여정'을 다루고 있는 것 같았다. 안무와 서커스도 훌륭했다.

공연이 끝난 후 나는 뒤늦게 줄거리를 찾아보았다. 시대는 중세 프랑스, 주인공은 프랑크 왕국 대제의 아들 피핀이다. 피핀은 왕이 아니라 '특별하고 의미 있는 삶'을 찾아 헤맨다. 전쟁터에 나가보고, 섹스에도 빠진다. 그는 계모의 음모로 친아버지를 살해하고 왕이 된다. 그러나 세상은 자신이 생각한 대로 돌아가지 않

뮤지컬 피핀의 교훈

....

"삶의 의미를 먼 곳이나 대단한 것에서 찾지 마라.
바로 지금 내 모습에서, 내 주변에서 찾아라."

는다. 회의에 빠진 피핀은 사회자에게 아버지를 되살려 달라고
부탁한 뒤 왕좌를 포기하고 세상 속으로 떠난다.

피핀은 프랑스 어느 시골 마을에서 캐서린이라는 여자를 만난다.
캐서린은 농장에서 테오라는 아이를 키우며 살고 있다. 피핀은
캐서린과 사랑에 빠지지만 평범한 삶에 만족할 수 없다. 그는 특
별한 삶을 찾고 싶다며 다시 길을 떠난다. 이 무렵 사회자가 등장
한다. 그는 피핀에게 불로 뛰어들어 죽음으로 화려한 인생의 마
지막을 장식하라고 유혹한다. 그 순간 피핀은 시골 마을에서 캐
서린, 테오와 함께 보낸 시간을 회상한다.

"삶의 의미를 먼 곳이나 대단한 것에서 찾지 마라. 바로 지금 내
모습에서, 내 주변에서 찾아라."

피핀은 뒤늦게 할머니의 충고를 떠올린다. 피핀은 그제야 농장
에서 보낸 시간이 얼마나 행복하고 소중한 순간이었는지 깨닫
게 된다.

'피핀'은 1972년 브로드웨이에서 초연된 작품이다. 이전과 다른
다양하고 새로운 삶을 갈망하는 70년대 청년들을 대변하는 인물
이라고 한다. 불에 뛰어들어 특별한 삶을 맛보라고 유혹하는 장
면은 베트남 전쟁에 반대해 분신했던 당대 청년들을 반영한 것
이라는 해석도 있었다.

나를 돌아본다. 생각해보니 피핀의 방랑과 나의 여행은 조금 닮았다는 생각이 든다. 안타깝게도 나는 '진정한 나'를 찾는 여행을 너무 늦게 시작했다. 지금까지 내 삶의 중심은 '가족'이었다. '나'를 중심에 둔 적이 없었다. 나는 '내가 꿈꾸는 삶'이 아니라 '가족이 권하는 삶'을 살았다. 나는 왜 피핀처럼 인생의 의미를 탐험해보는 용기를 일찍 내지 못했을까? 나는 여전히 신기루 같은 '진정한 나 자신'을 찾아 헤매는 중이다. 이제라도 인생의 참 의미를 탐험해보고 싶다. 이제 와 내 일상을 뒤흔든다면, 나는 무책임한 아내일까? 나는 이기적인 엄마일까?

PART 3_시애틀
추억은 힘이 세다

추억은
힘이 세다

어느새 창밖 저 아래로 시애틀이 보이기 시작한다. 델타 항공, 밤 비행기를 타고 열 시간을 날아왔다. 시애틀은 그제야 아침이었다.

나는 왜 두 번째 미국 여행, 첫 목적지로 시애틀을 선택했을까? 조금 직관적인 선택이어서 똑 부러지게 까닭을 댈 수는 없다. 그래도 하나 꼽으라면 추억 때문이다. 대학 시절 추억이 나를 시애틀로 이끌었다. 추억은 참 힘이 세다.

학교에도 봄이 왔다. 기숙사로 올라가는 돌담길에 개나리가 피었다. 목련은 대운동장과 미대 사이 언덕길에서 하얗게 웃으며 봄인사를 했다. 개나리와 목련이 질 즈음, 교정은 솜사탕 분홍 벚

시애틀의 아침

....

창밖 저 아래로 시애틀이 보이기 시작한다.
밤 비행기를 타고 열 시간을 날아왔다.
시애틀은 그제야 아침이었다.

꽃으로 환하게 빛났다. 불행히도 이즈음은 중간고사 준비 기간과 겹쳤다. 나는 분홍 벚꽃의 유혹을 뿌리치고 도서관으로 가야 했다. 겨우 벚꽃 유혹을 뿌리쳤지만, 도무지 공부에 집중할 수 없었다. 그럴 때면 조용히 도서관을 나와 학교 앞 카페로 갔다. 나는 스타벅스 창가에 자리를 잡고 앉았다. 도서관의 숨 막히는 고요보다 스피커를 타고 흐르는 음악이 오히려 벼락치기 단기 기억 생성을 도왔다. 그곳은 우리나라 스타벅스 1호점이었다. 공부하고, 수다 떨고, 혼자 커피 마시고. 그곳은 내 아지트가 되었다. 비행기 안에서도 잠시 그때 추억을 소환했다. 델타 항공은 기내 서비스로 스타벅스 커피를 주었다. 비행기에서 주는 커피 한잔이 나를 다시 대학 시절로 데리고 간다. 참 신기하다. 이제는 체인 점이 너무 많아 식상하기까지 한 브랜드가 되었지만, 스타벅스 커피는 내 현재의 시간과 청춘의 시간을 이어 준다. 나아가 서울에 있는 나를 시애틀까지 불러들였다. 나에게 스타벅스는 시간을 건너고 공간을 잇는 다리이다. 고소하고 쌉싸름하고 부드럽고 가끔은 달콤한…….

비행기 고도가 한층 낮아졌다. 스타벅스의 고향, 시애틀이 더 가까이 보인다. 여성 승객들이 공들여 화장을 고친다. 비행기가 막 시애틀 땅에 닿았다. 아마도 내 첫 방문지는 파이크 플레이스 마켓에 있는 스타벅스 1호점이 될 것이다.

스타벅스 1호점 앞에서
발길을 돌리다

  시애틀 첫 번째 숙소에 도착했다. 파이크 플레이스 마켓Pike place market 앞에 있는 호스텔이다. 이튿날 일찍 페리를 타고 빅토리아시애틀 북서쪽 캐나다 밴쿠버섬에 있는 도시로 가서 자고 돌아오는 일정이라, 하루만 버틸 작정으로 저렴한 숙소를 예약했다. 막상 숙소에 도착하고 보니 '하룻밤이라도 심하다' 싶을 정도로 위생 상태가 좋지 않았다. 짐을 풀고 잠깐 침대에 눕자 기분 탓인지 간지러운 느낌이 들었다. 보안 심사를 받으면서도 잘 참았던 짜증이 확 올라왔다. 그러면 어쩌겠는가? 내가 선택한 숙소인 것을. 마음을 다잡고 나자 갑자기 배가 고팠다. 유명한 러시아식 파이 가게 피로시키 피로시키Piroshky Piroshky에서 애플 시나몬 파이를 사 들고 첫 번째 목적지 스타벅스 1호점으로 향했다. 20대 여학생처럼 마음이 설렌다.

스타벅스의 시작은 미약했다. 1971년 작은 커피숍으로 출발했고, 1976년 지금 자리로 와 터를 잡았다. 그리고 40년 뒤 세계에서 가장 이름난 커피 브랜드로 성장했다. 스타벅스 로고는 녹색 세이렌그리스 신화에 나오는 인어를 닮은 바다 요정 얼굴이다. 세이렌은 마력을 가진 요정이었다. 그는 아름답고 달콤한 노랫소리로 배를 타고 지나가는 선원들을 유혹했다. 선원들은 그 유혹에 빠져 배가 난파하는 줄도 모르다가 결국 바다에 빠져 죽었다. 스타벅스 창업주들은 세이렌처럼 사람들을 홀려 자주 들르게 만들겠다는 뜻으로 이 로고를 만들었다고 한다. 처음 로고는 지금과 달리 상반신이 나체인 갈색 세이렌이었다. 아직 이 로고를 쓰는 매장은 1호점이 유일하다. 커피를 마시려는 사람도 많지만, 오리지널 로고가 새겨진 기념품을 사려는 사람도 이곳을 많이 찾는다.

맙소사! 스타벅스 1호점 앞엔 매장 밖까지 긴 줄이 늘어섰다. 어떡하지? 기다려야 하나? 내일 비가 온다는데 오늘은 노을 보러 케리 파크Kerry Park로 갈까? 긴 줄을 보자마자 고민이 시작됐다. 일단 매장 안으로 들어갔다. 생각보다 비좁다. 게다가 커피 주문하려는 사람과 기념품 사려는 사람으로 빈틈이 보이지 않는다. 다음에 올까? 아, 어떡하지? 기다리느냐, 포기하느냐 그것이 문제로다.

나는 물러서기를 선택했다. 비록 첫 번째 목적지였지만 여행에서
는 시간을 잘 활용해야 한다. 애플 시나몬 파이 봉지를 들고, 숙
소 근처에 있는 시애틀 커피 워크Seattle Coffee Works로 발길을 돌렸
다. 이곳도 시애틀에선 꽤 이름난 커피 전문점이다. 나는 카페 라
테를 주문했다.

줄을 서서 기다리는 건 지루한 일이다. 일상에서도 그렇지만 여
행에서는 줄서기 여부를 선택하는 일이 이어진다. 항공권도 마찬
가지여서 일등석이나 비즈니스석을 사면 우선 탑승권을 준다. 탑
승 게이트가 열리기 전부터 길게 늘어선 줄에 서 있지 않아도 된
다. 유명한 관광지나 맛집에 들어가기 위해서도 줄을 서야 한다.
언제 다시 오게 될지 모른다는 생각으로 기다릴 때도 있고, 무턱
대고 시간을 쓸 수 없어 포기할 때도 있다.
한번은 이런 일이 있었다. 홍콩을 여행하다가 빅토리아 피크에
가려고 트램을 기다리는 중이었다. 어찌 된 일인지 나보다 늦게
온 사람들이 앞쪽으로 가 먼저 트램을 타는 것이었다. 알고 보니
밀랍 인형 박물관 마담 투소 입장권을 산 사람에게 트램 탑승 우
선권을 준 것이었다. 패스트 트랙이 생긴 걸 몰랐던 나는 조금 화
가 났다. '끼어들기 권리'를 돈으로 살 수 있게 함으로써 누구나
줄을 서서 차례를 기다려야 한다는 '평등한 기준'이 깨졌기 때문

이다. 그곳에선 시간은 돈으로 살 수 없다는 오랜 명제가 보기 좋게 깨지고 있었다.

아이가 좋아하는 직업 체험 공간이 있다. 이곳은 아직 선착순 미덕이 작동하고 있다. 부모가 대신 줄을 서는 것도 엄격히 제한한다. 어느 날 갑자기 이곳에도 패스트 트랙이 생긴다면 어떻게 하면 될까? 열심히 기다린 아이 앞으로 패스트 트랙을 구매한 아이가 끼어든다면, 나는 아이에게 뭐라고 설명해야 할까?
"저 아이는 돈을 주고 끼어들기 권리를 샀어. 새치기 권리를 사주지 못해 엄마가 미안해."
이렇게 말하면 될까? 아니면 "줄 서서 기다리고 싶지 않으면 너도 커서 돈 많이 벌면 돼."라고 말해 줘야 하나? 내가 선택해서 줄 서기를 포기했지만, 스타벅스 1호점 앞 긴 줄을 보니 이런저런 생각이 떠올라 마음이 복잡하다.

문득
시를 쓰고 싶다

 버스를 타고 가다 케리 파크Kerry Park 근처 정거장에서
내렸다. 케리 파크는 시애틀 랜드마크인 스페이스 니들Space Nee-
dle과 시내 전경, 그리고 바다를 한눈에 담을 수 있는 전망 명소이
자 야경으로 유명한 공원이다. 고즈넉하고 예쁜 동네를 걸어간
다. 얼마 가지 않아 가파른 계단이 나온다. 계단 아래는 키 큰 나
무가 있는 주택가이다. 이곳에서 살고 있다면 가파른 경사 때문
에 투덜거리며 계단을 오르내렸을 테지만, 여행자인 나는 청량감
물씬 풍기는 이 동네가 마음에 들었다.
오후 다섯 시 조금 넘어 케리 파크에 도착했다. 제법 바람이 분
다. 언덕 위로 불어오는 바람이 꽤 쌀쌀하게 느껴졌다. 긴소매 셔
츠를 숙소에 두고 온 것을 잠깐 후회했다. 조금 이른 시간이었지

케리 파크

케리 파크는 시애틀 랜드마크인 스페이스 니들Space Needle과
시내 전경, 그리고 바다를 한눈에 담을 수 있는
전망 명소이자 야경으로 유명한 공원이다.

만 해가 지길 기다리는 이들이 삼삼오오 난간 쪽으로 모여든다. 하늘과 해넘이를 기다리는 사람들이 어우러진 모습이 멋진 풍경 사진 같다. 나도 그들처럼 난간에 기대 스페이스 니들과 시애틀 전경을 한동안 넋 놓고 바라보았다.

무엇이든 삼켜버릴 듯이 일렁이던 붉은 태양이 서서히 바닷속으로 빨려 들어간다. 장관이다. 해가 지자 스페이스 니들과 저 멀리 항구의 각양각색 불빛이 서서히 존재감을 드러낸다. 미련이 남았는지, 수평선 위엔 아직 어슴푸레 붉은 빛이 돈다. 얼마 뒤, 어둠이 마지막 남은 빛까지 마저 몰아냈다.

내가 언제 이렇듯 아름다운 해넘이를 보았던가? 나는 시애틀 해넘이가 매일 반복되는 자연 현상이 아니라, 아름답고 황홀한 한 편의 시詩 같다고 느꼈다. 불현듯 정말 시를 쓰고 싶어진다. 물론 쓰고 싶다고 해서 그렇게 뚝딱 쓸 수 있는 건 아니지만 말이다. 『말테의 수기』에서 릴케가 말했던가? 시 쓰기는 감정 문제가 아니고 경험의 영역이기 때문에 '때'가 오기를 기다려야 한다고. 되도록 오랫동안 의미意味와 감미甘味를 모아야 한다고. 경험 자체만으로는 시가 될 수 없고, 추억이 우리 몸속에서 피가 되고, 시선과 몸짓이 되어 우리 자신과 구별되지 않을 때야 비로소 시의 첫마디가 그 추억 가운데 머리를 들고 일어나 나오는 것이라고.

이렇게 어려운 게 시 쓰기라 해도, 당장은 아니라 해도, 나는 오늘 이 순간을 담은 시 한 편을 쓰고 싶다. 릴케 말대로 케리 파크의 저녁놀과 불빛이 내 눈에서 머리로, 머리에서 심장으로 파고들어 나와 한 몸이 되어 숨 쉬다가, 언젠가 시가 되길 나는 소망했다. 그때까지 안녕! 시애틀 하늘, 시애틀 바다, 그리고 시애틀 바람아! 반짝반짝 빛나는 불빛들아, 안녕!

잠시 캐나다
그리고 피시 앤 칩스

시애틀 항구 피어 69. 아직 어둠이 가시지 않은 이른 아침 빅토리아행 페리에 몸을 실었다. 날씨 예보는 틀리지 않았다. 벌써 비가 쏟아지고 바람까지 세게 분다. 페리 2층 자리에 앉으려는데 안내 방송이 나온다. 파도가 높아 배가 많이 흔들릴 것이니, 멀미를 덜 하려면 1층 자리가 좋다는 이야기이다. 가방을 챙겨 1층으로 내려갔다. 이곳도 울렁임이 심하다. 풍경을 보려고 배 진행 방향 앞쪽에 앉았지만, 속이 메스꺼운 걸 피할 수는 없다.

세 시간 뒤, 페리가 캐나다 빅토리아 항구에 도착했다. 국기가 성조기에서 메이플 리프Maple Leaf로 바뀐 것 말고는 국경을 넘어왔다는 것을 실감할 수 없다. 그래도 엄연히 캐나다인지라 입국심사를 받아야 한다. 떠나기 전 날씨 예보로는 비가 온다고 했는데,

배가 이너하버Inner Harbor에 도착할 즈음부터 비구름이 모두 물러났다. 좋은 예감이 든다.

바로 피셔맨 와프Fisherman's wharf로 출발했다. 선착장에서 동쪽으로 해안을 따라 둘레길이 나 있다. 피셔맨 와프까지 가는 방향을 안내하는 이정표가 곳곳에 있다. 이정표를 따라 곧장 걸으면 이십 분이면 닿을 수 있는 거리인데, 눈과 발을 잡아끄는 풍경이 펼쳐져 꽤 오랜 시간이 걸렸다. 잠시 단풍나무 앞 벤치에 앉아, 벤치에 새겨진 누군가를 위한 추모 글도 읽었다. 비구름은 물러났지만, 매서운 바람은 그대로라 이너하버 수면은 쉴 사이 없이 너울거린다. 그래도 하늘은 너무나 청명하다. 드디어 파스텔색으로 외벽을 칠한 수상 가옥이 보이기 시작한다. 부두라는 이름에 걸맞게 정박해 있는 수많은 요트도 나를 반긴다.

피셔맨 와프는 바다 위 수상 가옥 마을이다. 해안가에 알록달록 수상 가옥이 작은 마을을 이루고 있다. 여기까지 온 까닭은 피시 앤 칩스Fish & Chips로 유명한 식당에서 점심을 먹기 위해서다. 피시 앤드 칩스는 맛없기로 유명한 영국 음식이다. 영어 공부를 한다는 명목으로 잠시 영국에 머물렀을 때, 처음 피시 앤 칩스를 먹었다. 그때 나는 편하게 생선가스에 감자튀김이 함께 나오는 음식이라고 정의했다. 가끔 어학원에 있는 카페테리아에서 점심으

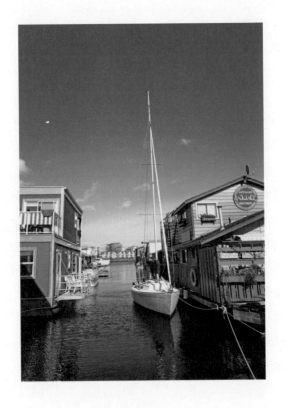

빅토리아의 피셔맨 와프

·····················

피셔맨 와프는 바다 위 수상 가옥 마을이다.
해안가에 알록달록 수상 가옥이 작은 마을을 이루고 있다.

로 먹기도 했다. 외식 물가가 어마어마한 영국이라 근사한 식당에서 먹은 경험은 없다. 나중에 싱가포르 여행 때, 전망 좋은 식당에서 피시 앤 칩스를 시켰는데, 대구 살이 탱탱하고 튀김옷도 바삭해 처음, 이 음식이 맛있다고 생각했다. 호주 시드니 여행에서는 달링하버 노천에 앉아 피시 앤 칩스를 맛있게 먹었다.

줄을 서야 하는 맛집이라고 하는데, 날이 쌀쌀해서인지, 점심을 먹기에 조금 늦은 시간이라 그런지 식당은 의외로 한산하다. 나는 피시 앤 칩스와 추위를 녹여 줄 카모마일을 시켰다. 피시 앤 칩스를 허브차와 함께 먹기는 이번이 처음이다. 카모마일 한 모금 마신다. 달콤한 사과 향이 입안에 퍼진다. 두 손으로 종이컵을 감싸 온기를 빌려온다. 뱃멀미 여독이 조금 풀리는 듯하다. 옆 테이블에서 아이와 함께 온 부모의 웃음소리가 들린다. 언젠가 여행을 떠나기 전, 컴퓨터에서 잠자고 있던 사진 파일을 정리한 일이 떠오른다.

주로 아이가 잘 나온 사진을 고르고 포스팅했는데, 어쩌다 내 얼굴을 보니 아이 옆에서 그저 환하게 웃고 있었다. 아이와 함께일 때 나는 참 행복한가보다, 생각했다. 분명 힘든 시간이 많았는데, 지나고 나서 사진으로 남은 순간을 보니 '그때가 좋았나?' 싶었다. 조금 더 세월이 흐르면 아이에게 엄마가 전부였던 이 시간을 그리워할지도 모른다. 영국에 살 때는 미처 몰랐는데, 지나고 나서야 가끔 피시 앤 칩스가 그리운 것처럼 말이다.

언젠가부터 엄마라는 낯선 이름이 내 정체성 중 많은 부분을 차지하기 시작했다. 이때부터 내 삶에서 아이는 늘 우선순위였다. 엄마라는 정체성에 충실 하느라 나 자신을 그리고 다른 소중한 무엇인가를 잃었을 수도 있다. 그러함에도 나는 아이를 잘 키우는 일이 그 어떤 일보다 소중하다고 믿고 있다. 혼자 여행을 하는 이 순간에도 나는 아이를 생각한다. 엄마가 하는 여행이란 이런 것이다. 이 세상 모든 엄마의 여행이란!

내 아이가
가엾은 까닭

 열흘 넘는 미국 여행을 두 번이나 혼자 떠난 것은 무엇
보다 내 의지가 컸다. 회사 일, 집안일, 혼자만 하는 육아에서 탈
출하고 싶었다. 혼자 여행을 떠날 수 있었던 다른 이유가 하나
더 있다. 아이가 비행기 타는 것을 두려워하기 때문이다. 원래 겁
이 많기도 하지만, 아이는 기압 차이 때문에 귀가 아프다며 비행
기 여행을 꺼렸다. 열 시간 넘게 비행기에 갇혀 있어야 하니, 미
국 여행은 더 따라나설 생각을 하지 않았다. 비행기 안에서 고통
스러운 것보다 엄마 없이 지내는 게 더 참을 만하다고 제 딴에는
생각한 것이다.

호텔 테라스에서 바라보는 빅토리아의 가을 단풍이 아름답다. 아
이에게 이 모습을 보여주고 싶어 안부도 전할 겸 영상 전화를 걸

었다. 아이는 내 얼굴을 보고 무척 반가워한다. 호텔 방이 궁금하다고 해서 방안을 구석구석을 보여줬다. 아이는 새하얀 방이 예쁘다며 좋아했다. 이번에는 테라스로 나가서 가을 단풍을 보여주었다. 그런데 아이가 울먹인다.

"엄마랑 같이 갈 걸 그랬어. 난 바보야."

갑작스레 터진 아이 울음에 나는 당황했다. 아이 울음소리엔 유독 내성이 생기지 않는다. 다음에는 꼭 같이 오자고 아이를 겨우 달래고 통화를 마쳤다. 영상이 꺼지자 이번에는 내 눈에 눈물방울이 고인다.

아이가 더 어렸을 때, 어느 연휴가 끝나고 회사에 출근하는 날이었다. 며칠 붙어 지낸 터라 아이가 나를 붙잡았다. 아이는 자기도 회사에 같이 가겠다고 대성통곡했다. 울면서 떨어지지 않는 아이를 달래느라 나는 조금 늦게 집을 나섰다. 이즈음 아이는 장래 희망이 뭐냐는 질문에 "엄마랑 같은 회사에 다니는 것"이라고 대답하곤 했는데, 까닭이 단순했다.

"아침에 엄마랑 헤어지지 않아도 되고, 종일 같이 있을 수 있잖아."

내가 일곱 살 때였다. 일하러 나가는 엄마와 조금이라도 더 있고 싶은 마음에 배웅하겠다고 말했는데, 엄마는 백 원을 달라는 말로 잘못 들었다.

"엄마, 배웅."

"백 원? 잠깐만. 먹고 싶은 거 골라."

엄마는 내 손을 잡고 가게로 들어갔다. 나는 천천히 과자를 골랐다. 과자를 고르는 시간만큼 엄마 옆에 더 있을 수 있었다. 과자 봉지를 손에 쥐고 혼자 터덜터덜 집으로 돌아오던 일곱 살 어느 날, 내가 느꼈던 외로움이 아직도 손에 잡힐 듯 생생하다.

날마다 출근해야 하는 엄마를 둔 내 아이가 나는 늘 가엾다.

작은 사치,
애프터눈 티

 아침부터 추적추적 비가 내린다. 차를 마시며 여유롭게 시간을 보내기에 좋은 날씨다. 빅토리아 페어몬트 엠프레스 호텔의 고풍스러운 계단을 올라 2층으로 갔다. 애프터눈 티를 예약했다고 직원에게 말했더니, 홀을 가로질러 끝까지 쭉 들어가라고 한다. 직원이 안내해 준 내 자리는 창가다. 때마침 피아노 연주가 시작됐고, 누구나 들으면 알 수 있는 유명한 곡들이 이어진다.

곧 담당 서버Server가 내게로 왔다. 먼저 차를 골라야 했는데, 칸을 나눠 스물한 가지 찻잎을 조금씩 담은 고급스러운 나무상자를 보여준다. 찻잎 실물을 보여주고 차 종류를 선택할 수 있게 해 준 곳은 처음이다. 글씨만 읽고 차를 고를 때보다 정성스러운 대접을 받는 느낌이 든다. 보통 잉글리시 브랙퍼스트를 마시는데, 오렌지 페코를 골랐다. 잠시 뒤 직원이 설탕과 함께 작은 모래시계를 가지고 온다. 3분, 4분, 5분짜리 모래시계 세 개가 나란히 붙어 있고, 시계마다 초록색, 흰색, 갈색 모래가 채워져 있다. 기호에 맞게 약한 맛, 보통 맛, 진한 맛으로 차를 우려내는 시간을 조절하는 용도라고 직원이 설명한다. 나는 세심한 배려에 감동했다. 여행지에서 애프터눈 티 문화를 즐기는 일은 내 나름의 사치다. 두 번째 미국 여행을 떠나면서 내가 가장 기대했던 일정은 이 호텔 라운지의 애프터눈 티 시간이었다. 5성급 호텔이라면 어느 도시든 한 사람당 7만 원 이상 비용을 내야 하니, 일상에서라면 다른 소비를 선택할 가능성이 높다. 하지만 여행은 일탈 아닌가?

차가 먼저 준비됐다. 이 호텔에서 사용하는 찻잔은 모두 영국에서 공수한다고 들었는데, 접시 중앙과 찻잔 안쪽에 왕관 무늬가 있다. 잔 바닥에 메이드 인 잉글랜드라는 글씨도 선명하다. 나는 모래시계로 시간을 재고 4분 뒤, 차를 잔으로 옮겨 담았다. 이즈음 티 푸드가 왔다. 언제나 그렇듯 앙증맞은 티 푸드를 보니 웃음이 나왔다. 온전한 티 푸드 3단 트레이를 사진으로 남기고, 나는 스콘을 접시 위로 옮겨 클로티드 크림을 발라 입으로 가져 갔다. 내가 좋아하는 정도보다 더 바삭해서 스콘보다는 비스킷에 가까

운 맛이다. 미니 팬케이크 위에 올라간 훈제 연어는 정말 훌륭하다. 이때까지 제대로 된 훈제 연어를 먹어 보지 못했다는 생각이 들 정도다. 얇게 썬 오이 위에 크림치즈를 바른 호밀 빵, 햄과 버섯을 넣은 키슈, 달걀 샐러드가 올라간 브리오슈까지 먹고 나니, 앙증맞기만 했던 첫인상과 달리 양이 꽤 많다는 생각이 든다. 결국, 마지막 쟁반 위 타르트와 케이크, 쇼트 브레드와 초콜릿은 한 입씩 맛만 보았다.

훌쩍 두 시간 가까이 흘렀다. 내내 날씨에 어울리는 그랜드 피아노 연주를 들었다. 이너하버와 단풍나무가 어우러진 풍경은 비에 젖어 더 선명히 내 마음에 달라붙는다. 언제까지라도 이 '아름다운 풍경'을 바라보며 '무용한 시간'을 보내고 싶다. 시애틀로 돌아가는 페리 시간만 아니었다면 나는 더 오랫동안 창밖을 바라보고 싶었다. 이 도시는 나에게 하늘, 햇살, 단풍, 평화로운 풍경으로 남을 것 같다. 주 의사당 종소리와 그 아래에서 뛰놀던 아이 웃음소리도 기억하고 싶다. 빅토리아는 '아름답고 무용한 것'으로 가득하다. 나는 '미스터 션샤인'의 '김희성'처럼 그 아름답고 무용한 것들이 좋다.

삼시 세끼를 챙기는 일의
수고로움

 빅토리아에서 시애틀로 돌아오는 배가 저녁 여덟 시쯤 항구에 닿았다. 어두운 하늘에서 비가 내리고 있다. 페리 터미널을 빠져나와 택시를 잡았다. 새로 잡은 숙소로 가는 길이다. 사흘 동안 머물러야 하는 그곳은 지역명이 인터내셔널 디스트릭트 International district이다. 차이나타운으로 시작해 일본, 베트남 같은 아시아 국가에서 온 사람이 모여 사는 동네이다.

숙소 앞에 행색이 허름한 사내가 서 있다. 운전기사는 트렁크에서 여행 가방을 내려주며 아무래도 거지 같다며 조심하라고 조용히 말했다. 숙소 문이 열리는 것을 확인한 그는 고맙게도 손까지 들어 보이고 나서야 운전석 문을 열었다. 비 때문에 더 어두워진 밤거리에서 마주친 거지가 조금 무서웠다. 나는 접수대 쪽으로 서둘러 올라갔다.

내가 머물 지역이 인터내셔널 디스트릭트라는 걸 처음 알았을 때 조금 의아했다. "응? 인터내셔널 디스트릭트가 아시아권 사람들이 사는 동네라고?"

'인터내셔널'이라는 단어를 접할 때면, 나도 모르게 유럽이나 아메리카 대륙을 떠올리곤 했다. 하지만 한 번 더 생각해보니, '인터내셔널'은 내 나라가 아닌 모든 나라에 관해 쓰는 말이다. 미국에서 보면 중국, 일본, 베트남도 당연히 '인터내셔널'이다. 시애틀에 와서 '인터내셔널'의 뜻을 온전히 인지한다.

첫 미국 여행 때 묵었던 보스턴 하이 호스텔에 대한 기억이 좋아서 시애틀 하이 호스텔을 망설임 없이 예약했다. 하지만 시애틀은 보스턴에 대면 허름하고 오래된 건물이다. 일단 방 배정을 받아 3층으로 올라갔다. 공유 공간인 2층은 그나마 괜찮았는데, 3층에 올라오자마자 꿉꿉한 냄새가 코끝을 찌른다. 방안은 낡은 나무 창틀을 뚫고 들어오는 빗방울 소리와 바람 소리로 어수선하다. 복도 쪽에서는 다른 방문을 여닫는 소리가 들린다. 겨우 사흘인데 참아보자 마음먹지만, 숙소 때문에 시애틀 여행에 대한 기억이 안 좋게 남지 않을까 벌써 걱정이다.

배꼽시계가 울려댄다. 아침은 거르고 점심도 애프터눈 티 푸드Af-
ternoon tea food로 때워 쌀밥을 먹고 싶은 마음이 간절해진다. 한국
에서 챙겨 온 햇반과 매운 참치 통조림을 들고 2층으로 내려왔
다. 전자레인지에 밥을 데우는 2분 30초가 왜 이리 길게 느껴지는
지……. 땡 소리가 나기 무섭게 햇반을 꺼내고 자리로 돌아와 고추
참치를 땄다. 김이 모락모락 피어오르는 새하얀 밥알 위에 검붉은
참치를 붓고, 휙휙 비벼 허겁지겁 입안으로 밀어 넣는다. 고추 참치
특유의 조미료 맛이 뱃속까지 내려간다. 고추 참치는 내가 좋아하
는 간편식인데, 마땅한 반찬이 없을 때 달걀부침과 양파를 더해 덮
밥으로 먹으면 한 끼로 손색이 없다. 오늘도 햇반과 고추 참치 덕
에 숙소 밖으로 나가지 않고도 '쌀밥'으로 저녁을 맛있게 먹었다.
어릴 때 나는 학교에 가지 않는 날에도 아침 일찍 일어나 엄마에
게 '밥'을 달라고 했다. 잠시 혼자 영국에서 있을 때도 나는 아침을
꼭 '밥'으로 챙겨 먹었다. 한번은 김치도 직접 담가 먹었다. 반대로
엄마는 밥보다는 밀가루 음식, 이를테면 국수나 빵을 좋아한다. 엄
마는 꼭 '밥'이 아니라도 한 끼를 해결할 수 있었다. 그런 엄마에
게 나는 늘 '밥' 타령을 했다. 삼시 세끼, 본인은 먹지 않아도 되는
'밥'을 챙겨주는 일이 얼마나 번거로웠을까? 자식 끼니를 챙기는
것이 내 일상이 되고 나서야 비로소 엄마 마음을 조금 알 것 같다.

하늘 위 스타벅스

 시애틀에 가을비가 내린다. 오늘 첫 행선지는 콜롬비아 센터다. 시애틀 중심지에 있는 76층짜리 건물로 시애틀 시내는 물론 바다까지 한눈에 담을 수 있는 전망 명소이다. 관공서와 호텔, 이름난 음식점과 쇼핑 공간이 이 건물 주변에 몰려있다. 목적 지가 콜롬비아센터라고 했지만, 더 정확하게는 이 건물 40층에 있는 스타벅스이다.

승강기는 생각보다 빨리 나를 사십 층에 올려다 주었다. 창밖 풍 경이 시원스레 내려다보였다. 매장 안에는 직장인들이 무리를 지 어 이야기를 나누고 있다. 참 여유롭게 보였다. 출근했다면 나는 이 시간에 무엇을 하고 있을까? 아마도 메일함과 결재함에 쌓여 있는 업무를 처리하느라 정신이 없을 것 같다.

"라테 위드 아이스."

커피를 주문하고 다시 창밖으로 시선을 돌렸다. 다운타운에 가을이 내려앉았다. 오전의 시애틀이 노랗고 붉게 가을비에 젖고 있다. 자연이 만들어 낸 단풍은 인위로 만들어 낸 어떤 색보다 아름다웠다.

내게 스타벅스는 출근하는 날보다는 쉬는 날에 더 중요한 휴식처이다. '그냥 혼자인 시간'이 때때로 필요하다. 남편과 아이는 외향형이다. 옆에 누군가 있어야 힘이 솟는 사람들이다. 반대로 나는 내향형이어서 혼자 있는 시간을 확보해야 충전이 된다. 성향이 비슷해서일까? 둘은 별것 아닌 거 같고 서로 고집을 피우고, 주말이면 가끔은 나를 두고 작은 쟁탈전이 벌어진다. 잡다한 집안일을 대충 마무리하고 침대에 눕기가 무섭게 딸이 쪼르르 따라와 내 옆에 눕는다. 몇 초 지나지 않아 뒤질세라 남편이 반대편 옆에 누워 있다. 난 쉬고 싶은데 둘은 서로 편들어 달라고 조른다. 그렇게 진을 빼고 나면 어느새 토요일 밤이다. 그즈음 나는 생각에 잠긴다.

"아, 차라리 회사에 있을 때가 덜 피곤한가?"

일요일 아침, 금요일 저녁부터 토요일까지 이어진 육아와 가사노동, 감정노동에서 잠시 벗어나기 위해 도망치듯 집을 나선다. 딸과 남편을 집에 두고 동네 스타벅스 매장으로 터덜터덜 걸어간

다. 보통은 책을 한 권 들고 가는데 어떤 날에는 그마저도 없이 빈손이다. 다행히 오전 시간, 매장은 한산하다. 카페 구석 테이블에 앉아 책을 읽거나 커피를 마시며 혼자인 시간을 즐긴다. 한 시간 남짓, 그렇게 급속충전을 하고 집으로 돌아가면, 일요일 남은 시간을 웃는 얼굴로 버틸 수 있다.

하늘 위 스타벅스는 대화로 분주하다. 일 이야기인지, 일상 얘기인지 모르겠지만 대부분 누군가와 함께 커피를 마신다. 반대로, 우리 동네 스타벅스에서도, 40층 전망 좋은 시애틀 스타벅스에서도 나는 혼자다. 나는, 이 시간이 좋다.
영국 소설가 도리스 레싱1919~2013의 소설을 읽은 적이 있다. 2007년 노벨문학상을 받은 도리스 레싱은 영국 현대문학을 대표하는 작가이다. 페미니즘 소설을 많이 남겼다. 그의 단편 소설 '19호실로 가다'는 나에게 많은 생각거리를 던져 주었다.

여자 주인공 수잔은 남부러운 것 없는 가정을 꾸린 전업주부이다. 결혼과 육아, 가사노동은 그를 지치게 하고, 허망함으로 그를 이끈다. 수잔은 자신만의 공간이 필요하다고 느껴 집 꼭대기 빈방에 '엄마의 방'을 만든다. 하지만 아이들이 드나들기 시작하면서 결국 이 방도 가족의 공간이 되고 만다. 고민 끝에 수잔은 혼자 조용히 시간을 보낼 수 있는 장소를 찾는다. 그곳은 집에서 조금 떨어진 런던의 작은 호텔 19호실이다. 그는 아무에게도 알리지 않고 1년 정도 19호실에서 휴식을 취한다. 그런 아내를 이상하게 여긴 남편 매슈는 사설 탐정을 고용해 수잔의 뒤를 좇는다. 며칠 뒤 남편은 수잔에게 다른 남자가 생겼느냐고 묻는다. 수잔은 잠시 생각에 잠긴다. 그리고는 19호실, 그 작은 공간의 의미를 설명해도 남편은 이해하지 못할 것이라는 결론에 이른다. 수잔은 거짓말로 답한다. 자신이 바람을 피웠다고.

나도 수잔처럼 '자기만의 방'이 필요하다. 휴일에 찾는 스타벅스는 사람들과 함께 하는 곳이라기보다 수잔의 '19호실'처럼 내 자신으로 온전히 혼자일 수 있는 공간이다.

틀림없이 "라테 위드 아이스."라고 주문하고 커피가 나오길 기다렸는데, 내가 받아든 건 아이스 아메리카노였다. 직원이 "아이스 커피?"하고 되묻기에 다시 정정해줬는데 어찌 된 일인지 모르겠다. 어쩌지? 잠시 바꿔 달라고 할까 생각하다가, 이 커피가 오늘의 첫 커피이지 마지막 커피는 아닐 거라 여기며 그냥 마시기로 했다.

통유리 옆에 앉았다. 내가 갔던 스타벅스 가운데 가장 높은 곳이다. 멋짐 폭발! 40층에 앉아 창밖을 보니 요즘 말이 저절로 나왔다. 시애틀이 조금씩 더 깊이 가을에 젖어 들고 있다.

가을에 물들고 비에 젖은 시애틀의 멋진 풍경을 보며, 우리 동네
에 이런 스타벅스 매장이 생긴다면 '내 19호실'이 더 아늑해질 거
라고, 생각했다.

밤이 주는 위로

 여행자로 가득 찬 승강기가 빠르게 올라간다. 함께 탄
안내원은 래퍼처럼, 승강기 못지않게 빠른 속도로 스페이스 니들
건축사를 뱉어낸다. 순식간에 전망대에 도착했다. 전망대는 내부
와 외부 공간으로 나뉘어 있다. 나는 문을 열고 밖으로 나갔다.
바람이 분다. 여전히 비가 내리고 있다. 먹구름에 가려 하늘은 제
빛깔을 보여주지 않는다. 멀리 수평선이 보이긴 하지만 케리 파
크에 대면 맑고 시원한 느낌이 덜하다. 가까이 보이는 건물 옥상
정원에 가을이 내려앉았다. 옥상정원 가을 정취로 그나마 위안을
삼는다. 밤에 다시 올까 생각했지만, 입지로 보아 야경이 그다지
특별할 것 같지 않아 이내 마음을 접었다.

종일 비가 내린다.

"하늘이 도와주지 않는다면 바다로 가자."

스페이스 니들에서 내려와 유람선 선착장으로 갔다. 근처에 대관람차와 파이크 플레이스 마켓이 있어서 이 지역도 여행객이 꽤 몰리는 곳이다. 이런! 오늘은 일진이 안 좋은 모양이다. 하루에 한 번 운영하는 유람선이 벌써 바다로 나갔다. 맥이 풀렸다.

"어떡하지? 대관람차라도 탈까?"

하지만 날이 어두워지려면 아직 시간이 많이 남았다.

"숙소에 가서 비라도 피할까?"

아니다. 귀한 시간 쪼개 미국까지 왔는데 그건 좀 청승맞다. 오늘은 정말이지 날씨가 도와주지 않는다. 나는 우산을 들고 우두커니 서서 이 시간 이후를 고민했다. 하지만 마땅한 대안이 떠오르지 않았다. 갑자기, 길을 잃은 느낌이다. 결국, 이른 저녁을 먹기로 했다. 식사하며 천천히 생각해 보기로 했다. 저녁 메뉴로 고른 파스타는 맛있었다. 배를 채우고 나자 복잡하던 머릿속이 말끔해졌다. 오전에 갔던 콜롬비아 센터에 다시 가기로 했다. 최종 목적지는 40층 스타벅스가 아니라, 73층에 있는 스카이 뷰 전망대Sky View Observatory이다. 스페이스 니들은 내려왔지만, 시애틀 야경은 제대로 감상하고 싶었다. 다행히 비도 잦아들고 있다.

직원에게 모바일 입장권을 보여주고 73층 전망대 안으로 들어갔

밤이 주는 위로

....

시애틀 밤 풍경은 기대했던 것보다 훨씬 아름답다.
까만 밤바다와 반짝이는 항구, 저 멀리 스페이스 니들과
그보다 가까이 있는 대관람차가 내뿜는 불빛이, 지친 나를 토닥인다.

다. 실내가 너무 캄캄하다. 영업을 하고 있기는 한 것인지 어리둥절하다. 얼마 뒤 알림 글을 읽었다. 여행자들이 밤 풍경을 사진기에 잘 담을 수 있도록 일부러 실내 불빛을 어둡게 해 놓은 것이었다. 세심한 배려가 마음에 들었다.

시애틀 밤 풍경은 기대했던 것보다 훨씬 아름답다. 까만 밤바다와 반짝이는 항구, 저 멀리 스페이스 니들과 그보다 가까이 있는 대관람차가 내뿜는 불빛이, 지친 나를 토닥인다. 길 위를 밝히고 있는 자동차 불빛까지 더해져, 시애틀의 밤은 록펠러 센터 전망대에서 본 뉴욕의 밤보다 훨씬 눈부시게 반짝이고 있다. 이곳에 올라오지 않았다면, 시애틀 밤의 진짜 모습을 보지 못 할 뻔했다. 종일 시애틀 곳곳을 헤맸지만, 그래도 마지막은 좋았다.

끝없이 펼쳐진 사막 한가운데 서면, 대자연에 대한 경외감이 든다고 한다. '일상의 크고 작은 번뇌들은 아무것도 아니구나!' 하는 깨달음이 온다고들 말한다. 간혹 나는 인간이 만들어 낸 거대한 빛의 집합체, 도시의 밤을 마주할 때 비슷한 경외감을 느낀다. 시애틀 밤을 내려다보고 있자니, 우주 가운데 서서 별들을 보고 있는 것 같은 착각마저 든다.

"이것으로 충분하다. 그럼 됐다."

나는 시애틀 밤 풍경을 두 눈에 담으며 마음속으로 지친 내 두 어깨를 토닥여주었다.

데이비드 보위를
만났다

시애틀 대중문화관. 가방과 우산은 보관해 놓고 가벼운
마음으로 전시실로 들어갔다. 영화 '스타워즈' 관련 전시실을 먼
저 통과했다. 스타워즈 시리즈를 보지 못한 나는 건성으로 전시
실을 지나쳤다. 재미있는 볼거리는 영국 가수 데이비드 보위 사
진 전시였다.

익숙한 노래에 이끌려 뮤직비디오가 상영되는 스크린 앞에 섰다.
데이비드 보위가 '아메리칸 파이'American Pie를 부르고 있다. 노래
가 끝날 때까지 자리를 지켰다. 내가 기억하는 아메리칸 파이는
장국영이 콘서트에서 부른 버전이다. 그는 아메리칸 파이를 부르
고 나서 청중에게 이렇게 말했다.

"예전 사람들에게는 돈 매클레인의 아메리칸 파이일 것이고, 요

즈음 사람들에게는 마돈나의 아메리칸 파이겠죠. 여기 온 사람들은 이제부터 장국영의 아메리칸 파이입니다."

그 말대로 내게는 장국영의 아메리칸 파이가 되어버린 노래였다. 영상 속 데이비드 보위는 얼굴에 번개 모양 분장을 진하게 하고 있다. 안쪽으로 걸음을 옮긴다. 어떤 사진에서는 하이힐을 신고 있다. 데이비드 보위를 보고 있자니, 무대의상도 그렇고 화장도 그렇고 예사롭지 않다. 그가 만든 노래도 때마다 새롭지 않았을까 생각한다. 나는 데이비드 보위가 점점 궁금해졌다.

숙소로 돌아와 돈 매클레인 노래를 몇 곡 찾아 듣는다. 아메리칸 파이는 유명한 곡이라 여러 가수가 리메이크했는데, 정작 돈 매클레인이 부른 아메리칸 파이를 듣는 건 오늘이 처음이다. 8분이 넘는 원곡을 처음부터 끝까지 몇 번이고 다시 들어본다. 이어서 '빈센트'를 들었다. 빈센트는 예전부터 즐겨 들었는데, 아메리칸 파이와 빈센트가 같은 앨범에 수록됐다는 것은 이제 알게 됐다. '앤드 아이 러브 유 소'까지 찾아 들어본다. 돈 매클레인 노래로 이 밤을 마무리한다.

시애틀의 엘리엇 배이 북 컴퍼니The Elliott Bay Book Company에서 데이비드 보위를 다시 만났다. 예술가에 관한 책을 모아 놓은 서가 앞이었다. 그에 관한 책과 사진집이 꽤 여러 권 꽂혀있다. 그는 내

데이비드 보위

······················

시애틀에서 데이비드 보위 사진 전시를 보지 않았다면,
나는 책방에서도 그를 알아보지 못하고 그냥 지나쳤을 것이다.
여행의 매력 중 하나는 이렇듯 우연히 새로운 세계를 만나는 일이 아닐까?

가 미루어 생각한 것보다 훨씬 유명한 사람이었다. 글램 록Glam lock을 대표하는 가수, 데이비드 보위는 양쪽 눈동자 색이 달랐다. 태어날 때부터 그런 것은 아니고 친구와 싸우다 눈을 맞았는데, 이렇게 다친 뒤에 양쪽 눈동자 색이 달라졌다. 글램 록을 추구했던 보위에게는 오드 아이Odd eye를 갖게 된 것이 오히려 그를 신비스럽게 보이도록 도운 것 같다.

글램 록은 1970년대 초반에 등장한 록 음악 중 하나인데, 화장을 하고 화려한 옷을 입어 시각 이미지를 강조한다. 이런 장치를 통해 양성 성향을 드러내거나 젠더를 새롭게 보는 시각과 연결된다.

2016년 암으로 세상을 떠난 데이비드 보위를 나는 이제야 알게 된다. 어떤 음악을 듣는가는 지극히 취향 문제라서 돈 매클레인이 부른 '앤드 아이 러브 유 소'And I love so는 좋아했지만, 데이비드 보위가 부른 '히어로즈'Heroes는 몰랐다.

데이비드 보위 사진 전시를 보지 않았다면, 나는 책방에서도 그를 알아보지 못하고 책을 그냥 지나쳤을 것이다. 여행의 매력 중하나는 이렇듯 우연히 새로운 세계를 만나는 일이 아닐까? 가슴속에서 뭉클, 행복감이 올라온다.

푸른 봄 같은
시간아!

 마지막 날이 밝았다. 시애틀에는 아직도 비가 내린다.
먼저, 커피를 마시고 싶다. 사시사철이 비와 안개라는 시애틀 날
씨를 제대로 겪은 탓에 이번 여행은 카페를 찾아가는 여행이 되
어버렸다. 다행히 시애틀은 커피로 유명하다. 단지 스타벅스가
이 도시에서 시작했기 때문만은 아니다. 시애틀에는 커피 공정무
역을 목표로 하는 이른바 독립 커피Independent coffee 카페가 많다.
펑크 록으로 이름이 난 캐피톨 힐Capitol hill 지역에도 이런 카페들
이 모여 있다. 오늘 첫 행선지는 캐피톨 힐이다.
캐피톨 힐 지하철역에서 내렸다. 조금 걷다 보니 '에스프레소 비
바체'가 보인다. 미국에서 처음 라테 아트를 시작했다는 커피 전
문점이다. 라테를 한 잔 주문하고, 창밖이 보이는 통유리 자리에

앉았다. 곧 진한 밤색 잔에 담긴 커피가 나왔다. 한국 배우가 이 카페에서 라테를 마시고 "구름 위를 걷는 기분"이라고 말하는 장면을 텔레비전에서 본 적이 있다. 그 배우 말대로 우유 거품이 정말 폭신폭신하다. 꽤 마셨는데도 거품 위에 새긴 나뭇잎 모양이 한동안 그대로다. 커피 맛은 부드럽게 달콤하다. 설탕이나 시럽을 넣은 것이 아닌데도 혀끝에 살짝 캐러멜 맛이 난다. 우유 맛이 달라서일까? 이곳뿐 아니라 미국에서 마시는 라테는 번번이 한국 라테보다 고소하고 달기까지 하다.

길 건너 나무들이 노랗게 물들어 있다. 단풍이 참 곱고 아름답다. 어쩌면 저 나무의 절정은 꽃을 활짝 피운 때가 아니라, 단풍빛을 내뿜고 있는 지금이 아닌가 싶다. 커피를 마시고 조금 더 있다가 자리에서 일어났다. 길을 건너 단풍나무 쪽으로 갔다. 바람에 흔들리는 단풍잎이 내 마음을 그지없이 들뜨게 한다. 아로새겨야할 소중한 무엇인 양 나는 단풍잎을 사진기에 담는다.

나무는 노랗게 빨갛게 물든 잎이 다 져도 봄이 오면 다시 새잎을 돋아낸다. 어쩌다 꽃다운 꽃을 피우지 못한다 해도 다음에는 보란 듯이 아름다운 꽃망울을 맺을 수 있으니 그게 부러울 뿐이다. 사람에게 푸른 봄, 청춘은 한 번이라는 생각이 들자 문득 쓸쓸해진다. 내 청춘은 이미 지나간 것이 틀림없다. 나는 내 푸른 봄날을

시애틀의 가을

....

단풍이 참 곱고 아름답다.
어쩌면 저 나무의 절정은 꽃을 활짝 피운 때가 아니라,
단풍빛을 내뿜고 있는 지금이 아닌가 싶다.

봄날답게 보냈는지, 청춘다운 시간을 즐겼는지 스스로 물어본다. 청춘다웠노라 주저하지 않고 말하지 못하겠다. 나는 인생 어디쯤 와 있을까? 봄일까? 아니면 잎 무성한 여름일까?

짝사랑했던 친구가 떠오른다. 학원에서 알게 된 동갑내기였다. 그 친구와 같이 자전거를 타고 싶은 마음에 열일곱 뒤늦은 나이에 자전거를 배웠다. 그 친구를 따라서 경포 호수를 돌아 단풍이 노랗게 물든 초당 길을 달렸다. 심하게 넘어져 다리에 깁스까지 했지만 그래도 즐거웠다.

어느 날, 그 친구 자전거 뒷자리에 탄 적이 있다. 그의 허리춤을 겨우 움켜쥐었던 그 날의 떨림을 나는 아직 기억한다. 친구는 '취중진담'을 흥얼거리며 달렸다. 나는 조심스럽게 친구 등에 기댔다. 등을 타고 울리던 그 노랫말이 어디선가 들려 올 때면 내 얼굴에는 아직도 옅은 웃음이 새어 나온다. 그때 나는 순수했고 용감했다.

어느새 비가 그쳤다. 볼런티어 공원Volunteer park에 가기 위해 다시 길을 걷는다. 나무들이 가을 빛깔로 곱게 반겨준다. 다시 마음이 달뜬다.

시애틀, 가을, 참 좋다.

가을날,
책방 구경

호젓한 길을 걷는다. 볼런티어 공원 어귀에 닿자 다시 빗방울이 떨어지기 시작한다. 꽤 많이 걸어왔는데 여기에서 발길을 돌리기는 억울하다. 공원을 가로질러 한참을 또 걷는다. 나는 곧 이소룡을 만날 것이다. 이 공원에 이소룡과 그의 아들 묘가 있다.

"이소룡 묘가 시애틀에 있다고? 홍콩이 아니라?"

이소룡을 기억하는 많은 사람이 이렇게 반문할 것이다. 그가 주로 홍콩에서 영화배우로 활동했으니 그렇게 생각해도 무리는 아니다. 좀 뜻밖이지만 이소룡은 사실, 샌프란시스코에서 태어난 중국계 미국인이다. 어린 시절은 주로 홍콩에서 보냈고, 고등학교와 대학교는 시애틀에서 다녔다. 이소룡은 시애틀 워싱턴주립

대학교 후배였던 린다와 결혼했다. 린다는 고등학교 때부터 이소룡의 무술 제자였다. 이소룡은 절권도 창시자이고, 20세기 무술 영화의 새 장을 연 사람이다. 서른셋, 너무 일찍 세상을 떠난 부르스 리, 이소룡은 그가 청춘 시절을 보낸 하늘 아래 잠들어 있다. 바람이 강하다. 비까지 세차게 내린다. 아, 날씨가 또 도와주지 않는다. 나는 더 전진하지 못하고 발길을 돌렸다. 비바람을 뚫고 되돌아와 캐피톨 힐역 쪽으로 가는 버스를 탔다. 다음 목적지는 엘리엇 배이 북 컴퍼니The Elliott Bay Book Company라는 독립 서점이다. 한국에서부터 비가 오면 갈 곳으로 생각해 둔 후보지였다. 책방 문을 열고 들어서자 오랜 시간을 간직하고 있는 듯 보이는 나무 책꽂이들로 가득하다. 직원들이 책에 대한 추천 글이나 독서 소감을 적어 놓은 쪽지가 눈에 띄었다. 여러 사람이 함께 앉아 책을 읽을 수 있는 넓고 긴 책상도 보인다. 예술가에 관한 책이 있는 서가로 간다. 데이비드 보위 책도 몇 권 있지만, 꽤 두꺼워 살 엄두가 나지 않는다. 대신 빈센트 반 고흐에 관한 책을 샀다. 손안에 들어오는 얇은 책을 골랐다. 돈 매클레인 노래 '빈센트'는 고흐를 노래한다. 돈 매클레인 노래를 들으며 고흐의 인생 이야기가 궁금해진 터였다. 작은 책 하나 샀을 뿐인데 은근히 기대된다. 이 책이 남은 여행에 좋은 친구가 되었으면 좋겠다.

안쪽으로 더 들어가니 그림책을 모아 둔 서가가 있다. 이마를 탁,

Afterall Books: One Work

A SHORT BIOGRAPHY OF
Vincent van Gogh

빈센트 반 고흐

·····················

고흐에 관한 책을 샀다.

작은 책 하나 샀을 뿐인데 은근히 기대된다.

이 책이 남은 여행에 좋은 친구가 되었으면 좋겠다.

치게 만드는 재미있는 그림책을 찾았다. 책을 펼치면 동양과 서양, 여성과 남성, 과거와 현재를 견주어 다른 생각, 다른 행동을 보여주는 책이다. 이를테면 동양 쪽 시계는 '정각'이 오십오 분에서 오 분까지인데 서양 쪽 시계는 '정각'이 딱 영 시 영 분이고, 과거 쪽 공연장에서 관객은 야광봉을 흔들고 있는데 현재 관객은 야광봉 대신 휴대전화를 들고 있는 것 따위다. 손바닥 크기로 만든 얇은 책 하나로 단순하고 명료하게 '다름'을 말한다.

종이도 달랐다. 한국 책은 내지가 질기고 빳빳하다. 그리고 웬만한 책들은 띠지까지 두른다. 보기에 예쁘고 튼튼하기는 한데 아무래도 무겁다. 그런데 이 책방에 있는 책들은 내지가 얇고 누렇다. 예전 우리 신문지 같은 느낌이 난다. 물론 한국 책보다 가볍고 들고 다닐만하다. 출퇴근 지하철 안에서 틈틈이 책을 읽어야 하는 나는, 문득 한국 책도 조금 가벼워졌으면 좋겠다고 생각했다. 고개를 푹 숙이고 휴대전화 화면만 보고 있는 사람들이 가득한 지하철 안에 있을 때면, 행여 옆 사람에게 방해될까 신문을 몇 번씩 접어 읽는 사람들을 흔하게 봤던 옛날이 그립기도 하다. 무선통신 기술이 발달해 지하철에서 책 읽는 풍경이 더 빨리 사라지고 있는 것일까? 보기에 조금 덜 예뻐도 좋으니 가벼운 종이를 써서 책을 들고 다니기 쉽게 만들면, 지하철에서 책 읽는 사람을 좀 더 자주 볼 수 있을까? 비 오는 날, 미국 책방 구경을 하면서 나는 한국의 일상을 떠올린다. 휴대전화 속 세상에 빠져, 잠시 하늘을 볼 기회도 소중한 사람과 이야기 나눌 시간도 잃어버린 우리 일상 풍경을 떠올린다. 이렇게 살아도 괜찮은 것일까? 나는, 그리고 우리는 잘 살아가고 있는 것일까?

와타나베와 나

검질기게 내리던 비가 그치고 햇빛이 구름 사이를 조금씩 뚫고 나온다. 오랜만에 비친 햇살에 기분이 좋다. 스타벅스 리저브 앤드 로스터리Starbucks Reserve and Roastery로 가는 길이다. 1호점으로 다시 갈까 하다가 며칠 전 본 긴 줄이 떠올라 마음을 바꿨다. 카페 앞 건널목에서 신호가 바뀌기를 기다리며 오른쪽으로 고개를 돌렸다. 두 갈래로 뻗은 내리막길과 파란 하늘이 시야 가득 들어온다. 하늘은 분명 하늘색인데 산뜻한 풀빛을 품고 있고, 구름은 분명 하늘 위에 있는데 뭉게구름을 잘라내어 붙여넣기를 한 듯하다. 날씨 좋은 날 시애틀 풍경이 어떤지 이제 알 것 같다. 카페는 사람들로 북적인다. 실내는 사진으로 본 것보다 더 크다. 커피 원두를 만드는 거대한 기계가 한편에 보인다. 매장 가운데는 나무로 만든 타원형 공간이 있다. 한쪽에 베이커리도 보인다. 사람들은 자리에 앉아 이야기를 나눈다.

메뉴를 살핀다. 플라이트Flight라는 메뉴에 눈길이 간다. 원두에 따라 세 가지 종류로 나눠서 이름을 붙였다. 무얼 선택하지? 직원에게 물어보면 될 것을 혼자 씨름하다 첫 번째에 있는 오리진 플라이트Origin flight를 시켰다.

"찍어 줄까요?"

커피를 기다리는 동안 사진을 찍는데, 중년 아저씨가 말을 붙인다. 나는 사진기를 건네며 고맙다고 했다.

"good!"

그는 하필 내가 눈을 감았을 때 딱 셔터를 누르고는 혼자 뿌듯해한다. 아저씨는 사진이 마음에 드는지 물었다. 나는 인사치레로 잘 나왔다고 답한다.

"글쎄요. 안 마셔봐서 모르겠는데요."

플라이트 메뉴가 뭔지 모르겠다며 넌지시 마시고 즐기는 법을 물었으나, 그도 모르겠다고 한다. 그는 내게 어디서 왔는지 물었고, 나는 한국에서 왔다고 대답했다. 아저씨는 2년 전에 한국에 가봤다며 서울이 아주 멋있다고 엄지를 치켜세웠다. 그리고는 한 마디 더 물었다.

시애틀 아저씨

....

조금 전까지 나와 이야기를 나눈 아저씨는 자리에 앉아서도
내 쪽을 보고 있다. 나랑 이야기를 더 하고 싶은 눈치다.
나도 이야기를 더 해 볼까 하다가 그냥 따로 앉기로 마음먹는다.

"근데, 김정은 때문에 위험하지 않은가요?"

"막상 서울에 살면 위험하다고는 잘 못 느껴요. 우리가 평소에 지구가 둥글다는 걸 느끼지 못하는 거랑 비슷한 거죠."

흔히 받는 질문이라서 평소처럼 있는 그대로 말해주었다. "으음, 미국보다 안전한 것 같아요. 총기 사건을 보면……." 속으로는 이 말을 덧붙이고 싶었지만, 그의 친절이 고마워 말하지 않았다. 아저씨는 오지랖이 넓었다. 시애틀엔 무슨 일로 왔는지, 며칠 머무르는지, 또 어느 도시에 가는지, 미국에서 어느 도시를 가봤는지 따위를 연이어 물었다.

"미국엔 이름난 도시가 많은데 왜 시애틀로 왔어요?"

"그냥. 제 느낌이 시애틀이었어요."

"맞아요. 그냥 느낌! 여긴 커피가 있잖아요."

그 뒤로도 시애틀 아저씨는 질문을 몇 가지 더했는데, 마침 그가 주문한 음료가 나왔다. 뒤이어 내가 주문한 오리진 플라이트도 나왔다. 세 가지 맛 커피를 작은 주전자 세 개에 담아줬는데, 잔은 모두 여섯 개다. 두 명이 나눠 마실 양인데 혼자 시킨 모양이다. 아저씨는 자리에 앉아서도 내 쪽을 보고 있다. 나랑 이야기를 더 하고 싶은 눈치다. 아마도 내가 같이 앉자고 권한다면, 그는 기꺼이 그러자고 할 것이다. 사실 나도 이야기를 더 해 볼까 하다가 그냥 따로 앉기로 마음먹는다. 낯선 사람과 이야기하는 것이 재미있기도 했지만 고단하기도 했기 때문이다.

돌이켜보니, 친구들을 처음 만났을 때 내가 먼저 말을 건 적이 없다. 우리 과 학생들만 듣는 대학 1학년 교양 수업 때였다. 옆자리에 앉은 친구가 뒷사람과 이야기를 했다. 나는 멀뚱멀뚱 앞만 보고 있었다. 시간이 지난 뒤에 나는 그 뒷사람과도 친구가 되었다. 나와 친구가 되고 나서 그 친구가 한 말이 "그때 너 이상했어. 어쩜 한 번도 안 돌아보냐?"였다.

그때도 그랬지만 지금도 대부분 나는 초면인 사람에게 먼저 말을 걸지 않는다. 종종 나는 왜 그럴까 생각한다. 무라카미 하루키의 『노르웨이 숲』을 읽고, 나는 나를 정확히 알 수 있었다.

"혼자인 게 좋아?"

미도리가 와타나베에게 물었다.

"고독한 걸 좋아하는 인간은 없어. 결국, 실망하게 될 것이 두려워 억지로 친구를 만들지 않을 뿐이야."

와타나베가 한 대답을 읽고, 내가 지금껏 누군가에게 다가가 먼저 말을 걸지 않았던 까닭을 또렷이 알게 됐다. 와타나베가 그렇듯 나도 실망하게 되는 것이 두려웠다. 할 수 있다면 혼자 무언가를 했고, 기대하지 않는 연습을 해왔다. 혼자인 게 좋아서가 아니라 거절당하는 것이 싫어서 한 선택이다.

어렸을 때, 엄마는 바쁘고 고단해 보였다. 나는 엄마에게 성가신 존재가 되지 않기 위해 눈치를 봤다. 이런 경험이 타고난 내 성향을 더 단단하게 만든 것 같다. 기억도 할 수 없는 갓난쟁이부터 엄마 눈길을 기다리다 지쳐버리는 일이 되풀이됐을 수도 있다. 기다리다 실망이 쌓이고 쌓여서 나는 엄마 말처럼 "입 다실 필요가 없는 아이"가 되었는지도 모른다. 껍질 속으로 몸을 숨기는 달팽이처럼, 기대했다가 실망하고 싶지 않아 세상 밖으로 먼저 손을 내밀지 못했다. 시애틀 아저씨가 먼저 말을 걸어 주지 않았다면, 여행 내내 나는 누군가와 이야기 나눌 일이 없었을 터였다. 사진을 찍어 주겠다고 말을 걸어 준 그가 고맙고, 문득 보고 싶다.

뜻대로
되지 않는 날

 파이크 스트리트Pike st.를 따라 걷는다. 은행나무 잎이 햇
살을 머금고 더 말갛게 빛난다. 새삼스레 햇살이 고맙다. 일광욕
까지는 아니지만, 며칠 만에 만난 햇살을 즐기며 걷다 보니 어느
새 파이크 플레이스 마켓까지 왔다. 궂은 날씨로 포기했던 스페
이스 니들 전망대 야간 입장을 다시 하기로 했다. 밤 풍경을 볼 수
있겠다는 생각에 들뜬 마음으로 버스를 탔다. 창밖은 여전히 맑
다. 안내 방송에서 내려야 할 정거장 이름을 알려준다.

스페이스 니들 전망대 어귀까지 걸어왔다. 머리 위로는 모노레일
이 지나간다. 너무 가까워 스페이스 니들을 한 앵글에 넣고 예쁘
게 사진을 찍을 수가 없다. 그래도 좋았다. 이제 곧 스페이스 니들
에 오를 것이고, 이윽고 멋진 야경이 펼쳐질 것이다.

은행나무와 가을 햇살

....

은행나무 잎이 햇살을 머금고 더 말갛게 빛난다.

새삼스레 햇살이 고맙다.

이런! 야간 입장용 표가 없다. 가방을 몇 번 뒤졌으나 보이지 않는다. 마음을 추스르고 가만히 기억을 복기한다. 표가 숙소에 있다. 어제 받은 표를 숙소에 놓고 왔다. 어이가 없다. 나는 전망대로 올라가지 못하고 승강기 앞에서 서성거리다 결국, 자책하며 발길을 돌렸다.

저녁을 먹고 숙소에 들어가려고 가까운 광둥 음식점을 찾았다. 식당 앞에 사람들이 줄지어 서 있다. 꽤 이름난 맛집인 모양이다. 나는 줄 마지막으로 가서 차례가 오길 기다렸다. 아이고! 날은 좋았는데 오늘 내 운세는 별로인 모양이다. 알고 보니 내가 선 줄은 주문한 포장 음식이 나오길 기다리는 사람들이다. 가게 안엔 빈자리가 제법 있었다. 이래저래 지친 나는 자리에 앉자마자 인터넷에서 검색한 사진 한 장을 보여주며 음식을 주문했다. 이번에도 허탕이다. 내가 보여준 음식은 점심 특선 메뉴란다. 정말이지 되는 일이 없다. 나는 마지 못해 국수를 시켰다.

뒤늦게 가게 안을 살핀다. 열 명 가까이 되는 무리가 둥근 테이블에 앉아 식사 중이다. 회전판 위에 음식이 끊임없이 놓인다. 튀김 요리 서너 개, 채소볶음, 달걀 볶음밥, 그리고 오리 구이까지……. 여럿이 와서 이것저것 시키는 모습을 보니 그들이 부러웠다. 문득, 진이 언니랑 갔던 뉴욕 중식당이 떠올랐다.

곧 주문한 국수가 나왔다. 근데, 불안하다. 국물 향과 색부터 짠

기운이 넘친다. 아! 이거 짜도 너무 짜다. 나는 반도 먹지 못하고 음식을 남긴다. 어차피 이럴 줄 알았다면 차라리 요리 하나 시켜 제대로 먹을 것을……

"남은 음식은 포장해 드릴까요?"

계산한다고 말하니, 직원이 묻는다. 먹다 남은 국수를 포장해 가는 사람도 있나 보다. 나는 괜찮다고 말하고 계산을 마쳤다.

"오늘은 마음대로 안 되는 날이구나."

식당을 나오며 혼자 중얼거렸다.

시애틀에 어둠이 내렸다.

마지막 밤이다. 이 밤이 지나면 나는 시카고로 떠난다. 아무래도 '시애틀의 잠 못 이루는 밤'이 될 것 같다. 갑자기 아이가 보고 싶다.

PART 4_시카고
완벽하게 혼자인 시간

조금 느긋하게
살아야겠다

시카고로 가기 위해 서둘러 시애틀 공항으로 갔다. 공항에는 사람이 많지 않았다. 탑승 절차를 마치고, 보안 검색대를 통과하는데 삼십 분이 채 걸리지 않았다. 시애틀을 떠나기 전, 공항에 입점한 스타벅스에 들러 시애틀에서 마지막 커피를 마셨다. 비행기에 몸을 실었다. 미국 내 이동이라 그런지 미국 승객이 대부분이다. 영화 한 편을 보고 짧게 눈을 붙였더니 시카고 공항이다. 시애틀보다 세 시간 빨라 이미 오후 네 시가 다 되었다. 조금 색다른 풍경을 발견했다. 우리는 안전띠 표시등이 꺼지자마자 우르르 자리에서 일어나 통로에 서 있는데, 여긴 그런 게 없다. 그대로 앉아 있다가 앞자리부터 순서대로 내리기 시작한다. 성격이 급한 편이라서 '빨리빨리' 문화가 내게 잘 맞는다고 느끼지만, 가끔은 이런 여유가 보기 좋다. 이런 문화는 우리가 좀 배우면 좋겠다는 생각이 들었다.

지난번 뉴욕 여행 때 지하철에서 겪은 일이 떠오른다. 브루클린에 가려고 맨해튼 어느 역에서 지하철을 탔다. 한국에서처럼 출입문 쪽에 자리를 잡았는데, 어떤 사람이 나를 보고 왜 출입문을 막고 있냐고 소리쳤다. 나는 '그럼 어디에 서라는 거야' 하고 잠시 어리둥절했다. 함께 있던 진이 언니가 미국에서는 출입문 쪽에 서 있으면 다른 사람 통행을 방해하기 때문에 예절에 어긋난다며 내 팔을 당겨 의자 앞쪽으로 이끌었다. 듣고 보니 맞는 말이었다. 서울 지하철 안에는 늘 사람이 많고, 출입문 쪽에 서 있는 사람은 문이 열리면 자연스럽게 내렸다가 다시 타기 때문에 통행을 방해한다는 느낌이 없지만, 지하철 안이 붐비지 않는다면 출입문을 막고 서 있는 것이 다른 사람에게 방해가 될 수 있겠다 싶었다.

여전히 나는 출퇴근길 지하철에서 통로 쪽이 아닌 출입문 쪽에 자리를 잡는 것을 좋아한다. 앉아서 갈 때는 내려야 할 역 이름이 방송에서 나오면 출입문 쪽으로 미리 걸음을 옮긴다. 빠른 환승을 위해 몇 번째 칸, 몇 번째 문에서 내리면 되는지에 대한 정보를 제공하는 한국에서 살아서인지, 늘 시간에 쫓기는 워킹맘이라서 그런 것인지, 그것도 아니면 타고난 성격 때문인지 모르겠다.
아마 세 가지 모두가 이유겠지.

아이에게 '빨리해!'라는 말을 하지 않고 집을 나설 수 있을지, 너
때문에 지각하겠어, 하는 눈초리를 거둬들일 수 있을지 자신이
없었지만, 집으로 돌아가면 조금 느긋하게 살아야겠다는 생각
이 든다.

'어쩌면'과
'역시' 사이

시카고 오헤어 공항을 빠져나와 열차를 타고 시내로 간다. 버스로 갈아타고 드디어 목적지까지 왔다. 예약해 놓은 숙소를 찾아 걷기 시작한다. 차분한 분위기를 풍기는 동네가 일단 마음에 들었다. 숙소에 도착하자 팝콘 기계에서 은은하게 퍼져 나온 고소한 냄새가 제일 먼저 나를 맞이한다. 1층 로비와 공동 식사 공간에는 빈티지한 시계와 소파가 있다. 방을 배정받고 승강기에 탔다. 묵직한 '띵' 소리가 2층 도착을 알렸다. 복도는 꿉꿉함 없이 깨끗하다. 어쩌면 시카고 호스텔은 '성공작'이라는 생각이 든다.

"엄마는 왜 아빠랑 결혼했어?"

"글쎄, 왜 그랬을까?"

나는 왜 남편과 결혼을 했을까? 아이 질문에 때늦은 고민을 해본다. 남편은 연애 시절 내게 식구 이야기를 많이 했다. 어린이집에 조카를 데리러 간 이야기도 있었다. 자주 데리러 가다 보니 어린이집 선생님이 자기가 아빠인 줄 알았다는 것이다. 조카를 잘 돌보는 그를 보면서 나는 순진하게 생각했다. '어쩌면 이 사람은 아빠 구실을 잘 해내겠다.'

방문을 연다. 나무로 된 문을 열자 철제 2층 침대 두 개가 보인다. 방안은 예약할 때 사진으로 본 모습과 똑같다. 그런데 사진으로는 볼 수 없었던 눅눅한 공기가 '훅'하고 나를 감싼다. 불길한 조짐이다. 짐과 옷을 넣어 둘 수 있는 벽장이 있다. 문을 열어 본다. 역시나 축축한 기운이 와르르 쏟아져 내린다. 나는 서둘러 벽장문을 닫아버렸다.
시끄러운 소리를 내며 돌고 있는 환풍기를 잠깐 끄고, 이불과 베개 상태를 확인한다. 창문 앞쪽 침대 이불은 먼지가 쌓여 있어 쓰고 싶지 않다. 베갯잇도 빛이 바래 누렇다. 벽에 붙어 있는 침대 1층이 그나마 소음과 빛에서 조금 떨어져 있고, 이불과 베갯잇 상태도 그럭저럭 괜찮아 이 침대에서 자기로 한다. 다음은 욕실을 확인할 차례다. 방에 딸린 욕실로 간다. 기능에 충실한 세면대와 변기가 마주 보고 있다. 벽으로 반쯤 가려진 샤워 부스로 간다. 이런! 벽에 하루살이 몇 마리가 붙어 있다. 아, 여기서 씻어야 하나. 나흘은 호스텔, 마지막 하루는 호텔을 예약해 두었지만, 호스텔이 마음에 들지 않으면 일찍 호텔로 옮기려고 마음먹은 상태였다. 역시, 이 호스텔에서 나흘을 보내기는 힘들 것 같다.

결혼하고 아이를 키우면서도 남편의 생활은 변한 게 없었다. 회식이 잦았고, 회사에서 일찍 끝나는 날이면 지인과 술 약속을 잡았다. 누가 아이를 데리러 갈지 조율하려고, 퇴근 시간을 물어보면 아직 모른다는, 대답이 아닌 대답을 했다.

"당신은 대체 왜 결혼하고도 만날 사람 다 만나? 어떻게 혼자 살 때처럼 자기가 하고 싶은 걸 다 해?"

하루는 내가 따져 물었다. 돌아오는 남편 말에 어이가 없었다.

"난 사람 만나는 거 좋아하는 사람이니까 그런 거지. 당신은 원래 사람 만나는 거 싫어하잖아."

"그게 무슨 말이야? 누가 내가 사람 만나는 걸 싫어한대? 나도 내 친구들 만나는 건 좋아해. 만나고 싶은데 못 만나는 거야. 나까지 하고 싶은 걸 다 하면, 애는 누가 봐?"

양보와 배려 없이 타인과 함께 사는 것이 가능하다고 생각하는지 묻고 싶었다. 희생할 각오도 없이 부모 구실을 해낼 수 있는지 알고 싶었다. 역시, 남편은 평범한 한국 남자였다.

벤토 박스를
아시나요?

호스텔에 짐을 풀고, 저녁을 먹으러 나왔다. 아직 핼러윈이 몇 주 남았지만, 벌써 집집이 장식이 한창이다. 오늘 저녁만큼은 '잘 먹었다'는 기분을 느끼고 싶어, 별점이 꽤 높은 한식당을 찾아왔다. 음식이 나오기를 기다리며 식당 안을 둘러본다. 자리가 거의 찼고 식당 밖 테이블에도 사람이 와 앉는다. 나는 소갈비 도시락에 김치를 추가했다. 와인도 한 잔 시켰다. 생각보다 푸짐한 상차림이 나온다. 한국에 있는 식당이었다고 해도 이 정도면 이만 원 넘게 받을 것 같다. 음식 맛도 좋다. 이번 여행에서 처음으로 기분 좋게 배부른 한 끼를 먹었다.

한 가지 아쉬운 점이 있다면, 차림표에 쓰인 음식 이름이다. 주문하려고 기다리면서 차림표를 보고 나는 속이 좀 상했다. 분명 한국 음식을 파는 곳인데 일본말로 적어 놓은 음식이 있었다. 도시락은 벤토 박스bento box라고 적어 놓았는데, 우리말 '도시락'을 소리나는 대로 쓰고, 괄호 안에 'box'라고 쓰면 될 일이지 싶었다. 미소 수프miso soup도 있었는데, 사실 한국 된장과 일본 미소는 다른 음식이니 한국 식당에서 일본 국을 파는 것도 마뜩하지 않았다. 모르는 사람들은 미소 국이 한국 음식이라고 생각할 터였다. 속상한 마음이 풀리지 않는다.

돌이켜 보면 나도 일본말 찌꺼기인 줄 모르고 쓴 단어가 너무 많았다. 법학을 전공한 뒤에 어려운 말, 말할 때는 쓰지 않은 말을 더 많이 쓰게 된 것도 있다. 알려 주는 사람이 없어서, 아는 바가 없어서였다. 얼떨결에 책을 출판하게 된 나는 좋은 글을 쓰고 싶은 욕심이 생겼고, 이오덕 선생이 쓴 『바른 말 바른 글』을 읽었다. 나는 이 책을 읽고 처음으로 '적'的이라는 말이 일본 말투라는 것을 알게 됐다. 아주 흔하게 써 온 객관적, 적극적 따위 말을 쓰지 않고 글을 써보려고 하니 도무지 진도가 나가지 않았다. 일본식 한자를 대신할 깨끗한 우리말은 사전을 찾아야 겨우 글로 옮길 수 있었다. 처음 보거나 들은 말이 무슨 뜻인지 아이가 물어볼 때가 많다. 내 딴에는 쉽게 설명한다고 설명했는데, 아이가 왜 이렇게 어렵게 설명을 하냐며 화를 낼 때가 있다.

"몰라. 그냥 모르고 말래."

이럴 때마다 나는 아이가 조금만 어려워도 너무 빨리 포기하는 것이 아닐까 걱정했는데, 사실은 내가 아이에게 설명을 제대로 해주지 못한 것이었다. 얼마 전 아이가 내게 이런 말을 했다.

"엄마 나 요즈음 계속 가슴 속에 얼음이 가득 차 있는 것 같아."

유쾌하지 않은 기분을 말하는 것 같은데 정확히 어떤 마음인지 와 닿지 않아 되물었다. 아이는 자꾸 한숨이 나오고, 자기가 하는 것_{아마도 스마트폰 사용을 말하는 것 같다.}만 계속하고 싶은 기분이라고 답했다. 어른 말로 바꾸자면 우울감이나 무기력증으로 들렸다. 만약, 반대로 아이가 "우울감이 뭐예요?"라고 물었다면, 나는 아이에게 "가슴 속에 얼음이 가득 차 있는 것 같은 느낌이야."라고 설명할 수 있었을까?

그저 한국 음식이 그리워 찾아간 식당에서 벤토 박스라고 쓴 차림표 때문에 마음 한구석이 무겁다. 시카고 여행 첫날인데 작은 일로 마음이 내려앉는다.

카페에서 만난
빈센트 반 고흐

저녁밥을 먹고 잠깐 동네를 산책했다. 단골이 자주 들를 것 같은 식당과 가게가 있다. 남다른 것 하나 없는 동네인데 그냥 느낌이 좋다.

시애틀에 대면 날씨가 따뜻하다. 셔츠 하나만 걸치고 걷기에 좋은 밤이다. 아까 한식당을 찾아가다 본 동네 카페로 가본다. 길 바로 건너에 스타벅스가 있지만, 구글 지도에도 나오지 않는 이 카페가 이상하게 내 마음을 사로잡았다. 가게 안쪽에는 자리가 몇 개 없고, 가게 앞 야외에 자리가 많다. 커피를 마시고 싶었지만, 얼음을 갈아 넣은 주스를 골랐다. 나는 늦은 시간에 커피를 마시면 잠을 잘 자지 못한다. 메뉴에서 본 음료 이름을 외우지 못해 "맹고⋯⋯." 하고 뜸을 들였는데, 직원이 찰떡같이 알아듣고 "mango peach

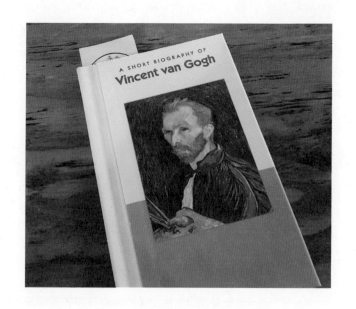

고흐의 편지

·····················

"난 때때로 낮보다 밤이 훨씬 생기 넘치고,
훨씬 많은 빛을 보여준다고 생각해."

ginger?"라고 되묻고 계산을 끝냈다. 음료를 기다리며 다시 보니 맥주도 있다. 다시 이 카페에 오게 된다면, 맥주를 마셔야겠다.

주스를 받아 들고 가게 밖으로 나간다. 따뜻한 난로가 있지만, 그 둘레엔 사람이 많다. 나는 선뜻 다가가 앉지 못하고 다른 자리로 간다. 대학이 가까이에 있어서 그런지 언뜻 보아도 학생처럼 보이는 젊은이들이 저마다 노트북을 펴놓고 무엇인가를 하고 있다. 이 사람들은 나보다 더 얇은 옷차림이다. 나는 불가 자리가 한산해질 때까지 기다렸다가 그쪽으로 자리를 옮겼다. 따뜻한 기운이 몸으로 퍼진다. 한동안 바람에 춤을 추는 불길을 바라보다 노래가 듣고 싶어진다. 이어폰을 가져오지 않아 망설였지만, 끝내 나만 들을 수 있을 정도로 소리를 작게 해 놓고 브르노 마스 노래를 몇 곡 틀었다. "아! 기분 좋다. 숙소로 돌아가기 싫다. 이대로 시간이 멈췄으면……."

이틀 뒤, 나는 이 카페를 다시 찾았다. 내겐 마음에 드는 공간에 다시 갈 자유가 있다. 계산대에 직원은 이틀 전과 같은 사람이다. 내 얼굴을 기억했는지 가게에 들어서는 순간부터 "어! 또 왔네." 하는 표정으로 나를 반긴다. 이 동네에 나 같은 여행자가 많이 올 것 같지는 않다. 나는 살짝 눈인사하고, 미리 생각해둔 대로 맥주를 시켰다. 그런데 직원이 갑자기 아이디카드를 보여 달라고 한다. 짧은 시간이지만 나는 멍했다. '응? 왜 신분증을 보여 달라고 하지?' 술 팔 때 나이를 확인하는 건 알지만 내가 그렇게 어려 보이나? 서른일곱 나이에 신분증을 보여주어야 하는 게 쑥스럽다. "네가 생각하는 것보다 훨씬 나이가 많아." 나는 여권을 보여주며 겸연쩍게 웃었다.

오늘은 내내 비가 왔다. 나는 카페 안쪽에 자리를 잡았다. 시애틀 책방에서 산 빈센트 반 고흐 책을 읽기 시작한다. 고흐 집안엔 정신병력이 있었고, 그 가족 병력이 고흐에게 영향을 주었다는 것, 고흐는 어려서부터 학교 교육에 적응하지 못했고, 친척 사업을 돕다가 그림을 그리게 되었다는 것, 병이 깊어진 상태에서 스스로 자기 귀를 잘랐다는 것 따위를 읽어내려갔다. 병이 심해진 뒤 고흐는 밤에 집 밖으로 나갈 수 없어 낮에만 그림을 그릴 수 있었는데, 빗장이 처진 창문으로 본 별들을 기억해 두었다가 낮에 그림을 그렸다고 한다. 고흐가 동생과 주고받은 편지글이 실려 있었는데, 그중에서 이 말이 내 마음에 울려 퍼진다.
"난 때때로 낮보다 밤이 훨씬 생기 넘치고, 훨씬 많은 빛을 보여준다고 생각해."
바람결에 춤추고 있는 불빛과 고흐의 편지글이 겹친다. 이 밤, 나는 조용히 고개를 끄덕이며 고흐 생각에 동의한다. 시카고의 한적한 카페에서.

완벽하게
혼자인 시간

호스텔을 떠나 예약한 호텔로 갔다. 지하철에서 내려 조금 걷다 보니 시카고강 건너로 콘 빌딩cone building이라는 별칭을 얻은 마리나 시티와 트럼프 타워가 보인다. 호텔에서 준비해 놓은 방은 20층에 있었다. 그런데 시카고강이 보이지 않았다. 나는 직원에게 리버 뷰 방으로 바꿔 달라고 부탁했다. 내가 생각한 위치는 트럼프 타워 바로 맞은편이었는데, 직원은 모퉁이 방을 추천했다.

"모퉁이 방은 창밖으로 시카고강도 은은하게 보이고, 다리 건너 트리뷴 타워와 거리까지 한눈에 볼 수 있어 제일 예뻐요. 그런데, 사십 달러 더 내야 해요."

내가 망설이는 얼굴로 뜸을 들이자, 직원이 이렇게 말한다.

"손님이 여러 날 머무는 게 아니고, 하루니까 돈이 조금 더 들더라도 멋진 풍경이 있는 방이 좋지 않을까요?"

나는 직원이 추천한 방을 달라고 했다. 열쇠를 받아들고 16층에서 내려 방으로 간다. 새 호텔이라 실내 장식에 군더더기가 없다. 새하얀 베갯잇과 이불을 보니 기분이 상쾌하다. 나는 곧장 창밖 풍경을 확인한다. 옥색 물감이 묻은 붓을 헹궈 낸 것 같은 시카고 강물, 강 건너 리글리 빌딩과 트리뷴 타워까지 한눈에 들어온다. 밤이 되면 어떤 모습일지 기대된다. 각 잡은 침대보를 흐트러뜨리는 것이 싫어, 될 수 있는 한 살포시 침대 위에 몸을 일자로 누이고 잠시 쉬었다가 호텔을 나섰다.

홀 푸드 마켓에서 음식을 샀다. 저녁이 다 되어 호텔에 돌아와, 창가 서랍장 위에 상을 차린다. 창밖 풍경은 예상보다 훨씬 더 황홀하다. 트리뷴 타워 꼭대기에서 내뿜는 진분홍빛이 밤 풍경을 한층 더 사랑스럽게 만들어준다. 나는 시카고의 밤에 취했다.

와인에 취하고 분위기에 취한 나는 그 순간, 그 기분을 남기고 싶어 늦게까지 사진 찍기 놀이를 했다. 완벽하게 혼자인 공간, 완벽하게 혼자인 시간! 원 없이 시카고강 야경을 찍었고, 나를 찍었다. 나는 사진을 찍는 것도 좋아하고 찍히는 것도 좋아한다. 그런데 가족과 여행할 때면, 사진 때문에 불만이 생겼다. 남편이 찍어 준 사진을 보면 안티도 이런 안티가 없다. 마지못해 셔터를 누른 것처

시카고의 밤

· · · · · · · · · · · · · · · · · · ·

창밖 풍경은 예상보다 훨씬 더 황홀하다.
나는 시카고의 밤에 취했다.

럼 사진을 찍어 놓고, 남편은 "예쁜데, 왜?"라고 말한다. 차라리 아이가 찍어 준 사진이 더 마음에 들었다. 문제는 아이가 사진 찍을 시간을 충분히 주지 않는다는 것이다. 사진을 찍느라 뒤처지는 나를 재촉한다. 그럴 때면 나는 '사진 한 장 마음대로 못 찍는 이 여행이 대체 무슨 의미지?'하는 생각에 빠지곤 했다.

이틀 뒤, 나는 이 호텔을 다시 찾았다. 처음 갔을 때 내게 방을 추천해 준 직원이 나를 보고 고개를 갸우뚱하며 말한다.
"어, 며칠 전에 오지 않았나요?"
"맞아요. 추천해 준 방이 너무 멋졌어요. 그래서 다시 왔어요."
이번 방은 내가 처음에 원했던 트럼프 타워를 마주 보는 쪽이다. 모퉁이 방과 창밖 풍경이 얼마나 다른지 궁금해 방에 들어서자마자 창가로 갔다. 트럼프 타워가 바로 앞에 보인다. 왼쪽으로 고개를 조금 돌리면 옥수수 빌딩까지 눈에 들어오고, 오른쪽으로 보면 리글리 빌딩과 티리뷴 타워도 보인다.
'이 방에서 봐도 시카고 강이 은은하게 흐르네. 차이가 별로 없군.'
체크아웃을 하면서 그 직원과 다시 만났다. 직원은 내게 마지막 인사를 했다.
"곧 다시 손님을 볼 것 같은데요?"
"저도 그러고 싶어요. 근데, '곧'은 아닐 것 같아요. 다시 올게요."

호텔 앞
그 사람

천장이 높고 화려한 통로를 빠져나와 호텔 출입문 앞에 섰다. 유리문은 육중했다. 도어맨이 문 여는 걸 도와주었다. 호텔 밖으로 나가자 누군가 다가왔다.

"당신 머릿결이 마음에 들어요."

그에게 고개를 돌렸다. 눈이 마주치자 다시 한 번 내게 말한다.

"당신 머릿결이 마음에 들어요. 5달러만 주세요."

갑자기 내게 말을 걸어온 그가 거지라는 걸 알아챘다. 미국 거지는 서울 거지와 달랐다. 서울 거지는 지하철 계단에서 몸을 공처럼 구부린 채 구걸하는데, 그는 돈을 거저 달라는 첫 마디를 지극히 미국인답게 했다. 눈빛은 당당했고 쭈뼛거림은 없었다. 그와 눈을 마주치고 나니 거절하는 게 어려웠다. 줘야 할지 말아야 할지 망설이다 겸연쩍게 말했다.

"미안해요. 5달러가 없네요."

이 말을 하면서 내 눈동자는 갈 곳을 잃었다. 불현듯 학교 앞에서 광고지를 돌리던 할머니의 눈물이 머릿속을 스친다.

대학교 3학년 때였다. 가을이었고, 아침이었다. 등교하다가 학교 앞에서 고함을 지르는 청소부 아저씨와 죄송하다고 반복하며 어찌할 바를 몰라 하는 아주머니를 목격했다. 아저씨 눈길은 매서웠고 자세는 꼿꼿했다. 광고지를 나눠주는 아주머니에게 삿대질하며 거친 소리를 이어갔다.

"가뜩이나 낙엽이 많아 청소하기 힘들어 죽겠는데, 학생들이 광고지를 받자마자 길바닥에 버리니, 온통 쓰레기잖아. 광고지 줍느라 일이 얼마다 더 많아지는 줄 알아?"

아주머니는 큰 죄를 지은 사람처럼 청소부 아저씨 눈을 똑바로 보지도 못한 채 구부정한 자세로 발끝만 보며 말하고 있었다.

"죄송해요. 정말 죄송해요. 지금 바닥에 떨어진 광고지 줍고 있으니까 좀 봐주세요."

아저씨는 아주머니의 거듭된 사과에도 소리치며 화내기를 멈추지 않았다.

"줍기만 하면 뭐해. 당장 그만두고 가요. 가!"

정문 앞까지 오니 조금 전 마주친 아주머니보다 훨씬 나이가 많아 보이는 할머니 한 분이 깊숙이 허리를 숙이고 땅에 버려진 광고지를 줍고 있었다. 내가 목격했던 청소부 아저씨의 불벼락이 첫번째 불벼락이 아니었다. 할머니는 허겁지겁 종이를 모아 줍고 있었다. 손을 떨고 있었고, 그 순간 투명한 눈물 방울이 바닥으로 떨어졌다. 할머니가 안쓰러웠다. 나는 조금 더 그 모습을 지켜보다가 발길을 돌렸다.

미국 거지는 큰 기대는 안 했다는 듯 무덤덤한 표정으로 내게서 멀어졌다. 다시 문이 열리기를 기다릴 모양인지 그가 호텔 외벽에 기대선다. 문을 열어 준 도어맨은 거지에게는 무관심하다. 호텔을 나서는 다른 손님을 도울 뿐이다. 서울 명동, 어느 호텔 앞이라면 어땠을까? 투숙객에게 구걸하는 거지를 본 도어맨이 그저 제 할 일만 했을까?

고개 숙인 할머니를 지나쳐버린 채무가 아직 내게 남아있다. 광고지 폭탄이 좋을 리 없지만, 나는 할머니 눈물을 본 그 날부터 광고지를 받아 쓰레기통에 버리는 수고를 마다하지 않는다. 조금 번거로워도 좋다. 함께 살아가고 싶다.

Let it Be

니어 노스Near North에 있는 카페에서 샌드위치를 먹는다. 시카고 부분만 쪽 찢어 들고 나온 여행 가이드북을 읽는다. 다음 갈 곳을 네이비 피어Navy Pier로 정했다. 가는 길에 시카고 강변 계단에 앉아 잠시 강물을 바라보았다. 찰랑거리는 강물을 따라 나도 푸르게 찰랑거렸다.

빗방울이 떨어진다. 호텔로 돌아가 우산을 빌려 올까? 잠시 고민하다가 배짱 좋게 우산 없이 그냥 길을 나섰다. 점점 빗줄기가 굵어지더니, 네이비 피어에 닿았을 때는 비가 단단히 쏟아진다. 건물 어귀에 앉아 어떻게 해야 할지 잠시 고민하다가, 시카고 현대미술관으로 가는 버스를 타기로 했다. 다행히 버스는 현대미술관 기념품 가게 바로 앞에 멈췄다. 기념품 가게를 지나 전시관으로

걸어갔다. 솔직히 내게 미술관은 재미있는 여행지는 아니다. 하지만 우산 없이 갈만한 곳으로는 미술관이 딱, 이었다. 나는 그곳에서 시간을 보내기로 했다.

한참 동안 그림을 감상하고 전시실을 나왔다. 내 기대와 달리 창밖은 아직 빗줄기가 선명하다. 무엇이 즐거운지 아이 둘이 빗속에서 춤을 추며 웃고 떠든다. 아이들을 한참 넋을 놓고 바라보았다. 아, 맞다. 나도 저런 시절이 있었다. 저 애들은 둘이지만, 그때 나는 혼자였다. 저 애들은 신이 나 깔깔거리지만, 그때 나는 좀 우울했다. 그 비 냄새가 새록새록 떠오른다.

초등학교 4학년이었고, 여름 방학이 끝날 무렵이었다. 앞이 잘 보이지 않을 정도로 비가 쏟아지는 날이었다. 이유는 정확히 기억나지 않지만, 그날따라 유난히 우울하고 답답했다. 비에 젖은 흙 냄새가 집안까지 스며들 즈음, 나는 학교 운동장으로 뛰쳐나갔다. 우산은 챙기지 않았다. 운동장은 텅 비어 있었다. 사람이라고는 나밖에 없었다. 그 큰 운동장 한가운데 서서 온몸으로 비를 맞았다. 마치 내리는 비를 빨아들여 답답한 마음을 모조리 씻어내고 싶은 사람처럼 말이다. 그렇게 한동안 비를 맞고 서 있었더니 그것으로 기분전환이 됐다. 장대비를 맞으며 운동장 한가운데 서 있던 그때, 나는 행복하다는 생각을 했다.

비는 그치지 않을 듯 이어진다. 아스팔트가 흠뻑 젖었다. 진회색 구름이 가까이 내려와 있다. 조금 무거워진 도시 색이 나를 기분 좋게 만든다. 비 위에 다시 비가 내린다.

이 비 또한 지나간다. 렛 잇 비let it be.

사람에 대한 예의

여행을 떠나기 전, 블로그에서 보고 한눈에 반한 카페가 있다. 쓰리 아트 클럽 카페3 arts club cafe이다. 관광지와 거리가 있어 굳이 찾아 나서지 않으면 가기 힘든 위치였지만, 나는 이 카페에 가보기로 했다. 원래는 어제 가려고 했다. 하지만 6분 뒤 도착한다는 버스가 땅으로 꺼졌는지, 하늘로 솟았는지 40분 넘게 기다려도 오지 않았다. "오늘은 날이 아닌가 보다." 하며 포기했다. 오늘은 오전부터 서둘렀다. 다행히 버스도 제시간에 도착했다. 계단을 올라 건물 안으로 들어간다. 가구 전시 공간을 지나자 유리천장 아래로 분수가 보인다. 사진에서 반한 모습 그대로다. 한가운데 달린 크고 화려한 샹들리에가 모든 것을 압도한다. 분수둘레에 놓인 둥근 테이블은 모두 예약 표시가 놓여 있다. 직원은

나를 분수와 가까운 긴 소파 자리로 데리고 간다. 자리에 앉아 천
장을 올려보니 빗방울이 떨어져 그대로 창을 타고 흐른다. 투명
한 우산을 쓰고 있는 기분이다.

주문한 드립 커피가 먼저 나왔다. 얼마 지나지 않아 토스트가 나
오고, 아보카도와 함께 스크램블도 접시에 담겨 나온다. 근사한
브런치가 차려졌다. 커피를 한 모금 마시고 천천히 토스트를 입
으로 가져간다. 겉은 바삭하고 속은 폭신하도록 알맞게 구웠다.
버터 말고 뭘 더했는지 잼을 바르지 않았는데도 적당히 달콤하
다. 이번에는 다시 커피를 마신다. 향긋하다. 유리천장에 맺히는
빗방울과 그 아래에서 별처럼 반짝이는 전등 빛이 내 식탁에 낭
만을 더한다. 브런치도 맛있지만, 가슴 속에 차오른 영혼의 포만
감이 나를 더 행복하게 해준다.
꽤 시간이 흘렀다. 서빙 하던 직원이 자기는 휴식 시간이라며 이
어서 일할 직원을 소개해준다. 카페를 나가야 하지만 그 전에 할
일이 남았다. 나는 새로 온 직원에게 샹들리에와 분수가 나오게
사진을 찍어달라고 부탁했다. 그는 무릎이 거의 바닥에 닿을 만
큼 쭈그려 앉아 사진을 찍어 주었다.
"마음에 드는지 확인해 보세요."
몇 번 셔터를 누르더니 단정한 손으로 사진기를 건넨다. 내가 부

쓰리 아트 클럽 카페

· · · · · · · · · ·

계단을 올라 건물 안으로 들어간다. 가구 전시 공간을 지나자
유리천장 아래로 분수가 보인다. 사진에서 반한 모습 그대로다.

탁한 대로 샹들리에와 분수가 사진 속에 잘 담겼다.

"네. 좋아요. 마음에 들어요. 고마워요."

그는 그제야 살짝 웃어 보이고 자리를 뜬다. 사진 촬영을 부탁하는 손님이 많아 귀찮을 법도 한데 그는 끝까지 친절하다. 그는 자기 일을 즐기는 사람 같다. 친절도 친절이지만 일을 즐기는 모습이 더 좋아 보였다.

며칠 전, 카페 직원과 정반대 사람을 시애틀 오헤어 공항에서 만났다. 시카고행 비행기 체크인을 하려고 보니, 무인 기계에서 표를 받아야 했다. 나는 기계에서 안내하는 대로 체크인을 진행했다. 그런데, 여권을 스캔하는 단계에서 계속 다시 하라는 안내 글이 떴다. 처음으로 돌아가 몇 번을 다시 했지만, 스캔에 실패했다. 델타 직원은 기계와 씨름하고 있는 나를 빤히 보고만 있었다. 나는 그에게 도움을 청했다.

"실례합니다. 스캔이 잘 안 되네요."

"이 기계는 스캔이 잘 안 됩니다. 다른 기계를 이용해 보세요."

이런! 갑자기 화가 났다. 내가 사용하는 기계가 부실한 걸 알면서도, 스캔을 몇 번이고 다시 하는 나를 그냥 내버려 둔 것이다. 다른 기계가 붐비는 것도 아니었다. 다른 기계에서 해보라고 한마디 해주면 될 일이었다. 나는 그를 쏘아보고는 다른 기계로 걸음을 옮겼다.

한강 소설 『채식주의자』에 이런 말이 나온다. 주인공 영혜의 언니 인혜를 설명하는 대목이다. 인혜에게 성실은 천성과 같다. "딸로서, 언니나 누나로서, 아내와 엄마로서, 가게를 꾸리는 생활인으로서, 하다못해 지하철에서 스치는 행인으로서 까지" 인혜는 모든 것에 "최선을 다했다." 나는 종종 인혜에게 동질감을 느낀다. "스치는 행인으로서 까지 최선을 다했다." 이 대목에서 특히 감정이입이 되었다. 만약, 인혜가 델타 항공 직원이었다면, 나 같은 손님이 말을 걸어오기 전에 먼저 다가가 상황을 알려주지 않았을까? 일을 대하는 태도는 어떠해야 할까? 사람을 대하는 태도는 또 어떠해야 하는가? 여행지에서 나는 종종 내일을 살아 갈 질문을 얻는다.

내 공간에 대한 로망

쓰리 아트 클럽 카페를 나와 1층에 전시된 가구를 둘러봤다. 위층에도 쇼룸show room이 있는 모양이다. 계단을 따라 2층으로 올라간다. 나는 예쁘게 꾸며 놓은 카페나 인테리어 공간에 관심이 많다. 머릿속으로 꾸미고 싶은 인테리어를 종종 그려본다. 어릴 적부터 즐겨온 내 오랜 습관이다. 이런 상상을 할 때마다 좀 특별한 행복감을 느낀다. 뭐랄까? 동경하는 즐거움이라고 하면 맞을까? 이런 행복감은 성취나 구현해서 얻는 즐거움과 질감이 다르다. 은은하고, 따뜻하고, 포근한 행복감이 부드럽게 나를 감싼다.

평일 낮이라 그런지 전시실이 한산하다. 멋지게 꾸며 놓은 공간을 여유 있게 둘러보다가, 캐노피에 망사 천을 늘어뜨려 놓은 침

내 공간을 꿈꾸다

· · · · · · · · · · · · · · · ·

나는 머릿속으로 꾸미고 싶은 인테리어를 종종 그려본다.

어릴 적부터 즐겨온 오랜 습관이다.

이런 상상을 할 때마다 좀 특별한 행복감을 느낀다.

대 앞에서 걸음을 멈췄다. 어릴 때 꿈꿨던 연분홍빛 방이 눈앞에 펼쳐진다. 어릴 적, 어른이 되면 살고 싶은 집을 그려보곤 했다. 하얀 종이 위에 줄을 그어 층을 나눈 다음, 층마다 방을 그리고 그 용도를 적었다. 음악을 듣거나 영화를 볼 방이 있었고, 좋아하는 영화 포스터나 배우 사진을 액자에 넣어 걸어 둘 방도 있었다. 미래의 공간을 상상하는 것만으로도 나는 충분히 행복했다. 식구들이 모두 집을 비울 때면 나는 대청소를 했다. 깨끗해진 집에 혼자 있을 때, 나는 마음이 평온해졌다. 방학 때면 집에서 한 발자국도 나가지 않고 삼사일은 빈둥거렸다. 아무것도 하지 않고 내방에 누워있는데, 친구와 신나게 놀 때와 비슷한 크기로 행복을 느꼈다. 어릴 때처럼 나는 지금도 꿈을 꾸듯 내 공간을 동경한다.

쇼룸 구경을 마치고 아래층으로 내려가기 위해 승강기 앞에 섰다. 오! 승강기 문이 열리자 고급스러운 소파와 금빛 테두리를 두른 화려한 거울이 나를 맞이한다. 소파에 앉아본다. '귀여운 여인' 속 줄리아 로버츠처럼 펜트하우스 전용 승강기를 탄 주인공이 된 기분이다. 한껏 들뜬 나는 건물을 나와 빗속을 걷기 시작한다. 우산을 써야 했지만, 햇살 좋은 날 기분 좋은 바람을 맞을 때처럼 자꾸 소리없는 웃음이 떠오른다. 꿈은, 그리고 동경은 언제나 내가 살아있음을 느끼게 해준다.

나는 타인에게
어떻게 비칠까?

며칠 만에 시카고 하늘이 맑다. 오늘은 밀레니엄 공원으로 가야겠다. 더 일찍 가보고 싶었지만, 날이 개면 가려고 미뤄둔 곳이다. 시카고를 대표하는 조형물 클라우드 게이트Cloud gate 앞에 섰다. 유명세를 증명하듯 많은 사람이 사진을 찍고 있다. 한동안 사람들 모습을 지켜봤다. 저마다 기념사진을 찍고, 클라우드 게이트에 비치는 자기 모습을 보느라 여념이 없다. 클라우드 게이트도 신기했지만, 쏟아지는 햇살에 더 눈이 갔다. 파란 하늘 아래 펼쳐진 풀빛 잔디가 유독 싱그럽다. 애타게 그리던 눈부신 햇빛을 보고 있자니 눈물이 날 지경이다.

한참을 그렇게 서 있다가 크라운 분수가 있는 남쪽으로 방향을 잡았다. 밀레니엄 공원에서 클라우드 게이트만큼 유명한 곳이 크

클라우드 게이트

클라우드 게이트Cloud gate 앞에 섰다.
클라우드 게이트도 신기했지만, 쏟아지는 햇살에 더 눈이 갔다.
애타게 그리던 눈부신 햇빛을 보고 있자니 눈물이 날 지경이다.

라운 분수다. 이름 모를 풀과 붉게 물든 단풍나무 사이를 천천히 걷는다. 풀과 나무, 하늘이 가을 분위기를 한껏 뽐내고 있다. 그냥 지나칠 수 없을 만큼 예뻐서 나는 나무 바닥에 털썩 주저앉아 잠시 시간을 보냈다. 풀과 나무만 광합성이 필요한 것은 아니었다. 열흘 만에 제대로 햇빛을 본 나도 그곳에 앉아 광합성을 했다. 햇살 아래 있는 것만으로 발끝까지 간질간질한 기분이 전해졌다.

크라운 분수는 모양이 독특하다. 거대한 직육면체 기둥이다. 기둥 한 면엔 스크린처럼 시민들 얼굴이 나타났다 사라진다. 어떤 때는 스크린 속 사람 입에서 물이 뿜어져 나온다. 밤이 되면 거대한 직육면체 기둥이 형형색색 조명으로 빛난다. 크라운 분수는 분수이면서 거대한 조형물이고, 스크린이면서 동시에 빛의 예술품이다. 나는 꽤 오랫동안 분수에서 나타났다가 사라지는 얼굴을 지켜보았다. 그러다가 분수 바닥에 떨어진 물에 비친 공원을 보았다. 이제 보니 분수 바닥은 물이 만들어준 거대한 거울이다. 주변 나무와 건물들, 그리고 직육각형 분수와 분수에 나타나는 시민 얼굴까지 다 담고 있다. 물에 반영된 풍경이 이렇게까지 내 눈길을 끈 적이 있었던가? 아름답고 고요하다.

나는 사람들에게 어떻게 비칠까? 분수 바닥에 반영된 시카고 풍경처럼, 내 모습도 아름답고 고요하면 좋겠다.

시간을 걷다

점심은 미국식 중화요리를 먹기로 했다. 패스트푸드 프랜차이즈 '판다 익스프레스'로 갔다. 주요리 하나에 밥이나 국수 선택이 가능한 도시락을 주문했다. 직원은 크기를 다시 물었다. 나는 도시락 크기를 확인해 주고 계산을 마쳤다. 자리로 가면서 매장 안을 둘러보니 세 가지 음식을 고를 수 있는, 크기가 큰 도시락을 먹는 사람이 대부분이다. 미국 사람들 뱃구레가 정말 크구나. 나에게는 이 도시락이 딱 맞다. 모자람도 남김도 없이 기분 좋게 밥을 먹고 식당을 나왔다.

오늘은 밀레니엄 공원이 있는 루프 지역을 계속 걸어보기로 했다. 여행 열흘째, 체력이 떨어졌을 법한데 쉬엄쉬엄 다녀서인지 그런대로 걸을만하다. 북쪽으로 길을 잡았다. 시카고가 워낙 건

축물로 유명하다 보니, 건축 투어 상품이 많다. 나는 무리에 끼어 우르르 이동하는 것이 싫어, 혼자 걷고 혼자 느껴 보기로 했다. 연방 플라자 광장 앞 '칼더스 플라밍고', 체스트 타워 광장 앞 '샤갈의 시계', 리처드 델리 센터 광장에 있는 '더 피카소', 마지막으로 제임스 톰슨 센터에 있는 '스탠딩 비스트'를 지났다. 그렇게 걷다 보니 어느새 시카고 강가까지 왔다.

강가 길을 걷는다. 내내 비가 와, 걷고 싶어도 엄두를 내지 못한 길이다. 옥색 강물 위로 노란색 유람선이 지나간다. 강 건너로 마리나 빌딩 요트장이 보인다. 잠시 계단에 앉아 강 건너를 한동안 바라보다 다시 걷기 시작했다. 야외에 공 모양 비닐 막을 치고, 그 안에 소파와 테이블을 꾸며 놓은 와인 바도 있다. 일행이 있다면 와인 한잔하고 싶은 곳이다. 아쉬운 마음을 접고 계속 걸어 어느새 호텔 앞까지 왔다. 강 건너에 리글리 빌딩과 트리뷴 타워가 보인다.

오래 걷고, 강바람까지 맞았더니 조금 피곤하다. 호텔로 돌아와 늦은 낮잠을 잤다. 한 시간 뒤 개운해진 몸으로 다시 호텔을 나섰다. 호텔을 나오기 전 창밖으로 보이는 트럼프 타워와 시카고 강을 멍하니 바라봤다. 문득, 여행하는 이 순간이 무척 소중하게 느껴진다. 프랑수아 누델만이 『건반 위의 철학자』에서 말한 것

처럼 일상은 '타자에게 강요된 속도로' 흘러간다. 이 강요된 속
도에서 자유로울 수 있는 순간은 훌쩍 떠나온 여행의 시간 정도
가 아닐까 싶다. 타자의 속도로 흘러가는 일상은 내게 끊임없이
속삭인다. 혼자 여행을 떠날 때가 되었다고 말이다. 다행히 나는
지금 여행 중이다. 오늘 남은 일정은 360° 시카고 전망대에 오
르는 것이다.

내일이면 나는 서울로 떠난다. 여행이 끝날 때까지 '나의 속도'로
모든 순간을 즐기고, 느끼고, 소유하고 싶다.

어느 노부부의
뒷모습

해가 지는 시간에 맞춰 존 핸콕 타워 전망대, 360° 시카고로 갔다. 사진 욕심이 나 삼각대까지 챙겼다. 건물 1층에서 가방 검사를 하는데, 월요일에만 삼각대를 전망대에 가지고 갈 수 있단다. 하는 수 없이 삼각대를 직원에게 맡기고 전망대로 올라가는 승강기를 탔다.

북쪽에서 시작해 동, 남, 서쪽 순서로 돌며 해 질 녘 도시 정경을 눈에 담는다. 돈을 추가로 내고 타는 틸트tilt, 전망대 바깥쪽으로 15° 정도 몸이 기울어지는 체험를 하는 사람도 많다. 보기만 해도 아찔해 나는 눈을 돌렸다. 한 바퀴를 돌아 처음 자리로 왔다. 록펠러 센터에서 본 뉴욕과 콜롬비아 센터에서 본 시애틀이 시카고 모습과 겹쳐진다. 한 자리에 서서 지평선 아래로 넘어가는 해를 보고 있으니 '이

글거린다'라는 말이 절로 떠오른다. 해지는 풍경을 남기기 위해 저마다 열심히 사진기 셔터를 누른다. 나도 그 가운데 하나이다. 사진을 찍다가 어느 부부의 뒷모습을 보았다. 나란히 서서 창밖을 가만히 바라보고 있다. 간혹 서로를 바라보며 이야기도 나눈다. 사람이 많은 전망대지만 유독 두 사람이 내 시선을 잡는다. 손을 잡은 것도 아니고 팔짱을 낀 것도 아니지만, 비슷한 자세로 같은 곳을 바라보는 뒷모습이 아름답다.

20대 중반 유럽을 여행하면서 머리가 하얗게 센 부부가 손을 꼭 잡고 걷고 있는 모습을 봤다. 처음에는 이런 모습이 낯설었지만, 다른 한편으론 보기 좋았다. 남남이 만나 부부로 살아가는 삶에 대해 아무 생각이 없던 나이였지만, 저렇게 늙었으면 좋겠다는 생각을 했다. 행복한 때보다 힘들 때가 더 많았을 두 사람이 삶 끝자락에서 여전히 함께이고, 나란히 걷고 있다는 사실이 무엇을 말하는지, 나는 이제야 어렴풋이 알 것 같다. 연애 때는 맞지 않는 부분이 있어도 크게 문제가 될 것은 없다. 하지만 결혼생활은 다르다. 결혼은 사소한 생활습관부터 하나하나 맞춰나가야 하는 길고 지루한 길이다. 노력도 하고 싸우기도 한다. 사람 고쳐 쓰는 거 아니라며 단념도 하지만 어떤 때는 철도 레일처럼 영원히 평행선일 것 같은 슬픈 예감에 때때로 좌절하기도 한다.

야경보다 더 아름다운

....

사진을 찍다가 어느 부부의 뒷모습을 보았다.
같은 곳을 바라보는 뒷모습이 아름답다. 먼 훗날 저 노부부처럼
나도 남편과 함께 멋진 석양을 감상할 수 있기를!

"어디까지가 설거지일까?"

결혼 뒤 나는 종종 이런 생각을 했다. 남편은 그릇을 씻는 걸 설거지라고 여긴다. 나는 좀 다르다. 배수구 망에 쌓인 음식물 찌꺼기를 털어 쓰레기통에 넣는 것까지가 설거지라고 여긴다. 이렇듯 사소한 일로 의견이 갈린다. 나는 까탈스러운 사람인 것일까? 연애 때처럼 내 집으로 돌아가 숨이라도 돌리고 싶지만, 그럴 수 있는 공간이 이젠 어디에도 없다. 이렇게 20년, 30년이 지나면, 스물다섯 내가 바라던 '백발이 되어도 남편 손 꼭 잡고 걷고 있는 나'는 없을 것 같다.

철학과 심리학을 쉽게 풀어 주는 작가, 알랭 드 보통의 소설 『낭만적 연애와 그 후 일상』이 생각난다. "우리에게 맞는 상대는 우연히 기적처럼 모든 취향이 같은 사람이 아니라, 흔쾌히 취향 차이를 놓고 이야기할 수 있는 사람이고, 조화는 치열하게 사랑한 결과이지 사랑을 시작할 수 있는 전제 조건이 아니다."
머리가 백발이 된 뒤에도 남편 손을 꼭 잡고 걸어가기 위해서는 지금보다 더 너그럽게 다름을 인정해야 한다는 것을 나도 알고 있다. 하지만 그게 혼자 노력한다고 될 일인가? 나이들어갈수록 느끼는 것이지만 사는 게 참 어렵다.
나는 노부부 뒷모습을 보며, 그들이 지나온 자취를 그려본다. 아마도 저 두 사람도 취향이 달랐을 것이다. 생각도 다르고, 습관도 같지 않았을 것이다. 그런데도 저 부부는 때로 마주 보고, 때로는 같은 방향을 보며 시카고의 노을을 즐기고 있다. 노부부의 뒷모습이 아름다운 이유는 차이를 놓고 서로 치열하게 이야기하고, 다름을 마음으로 존중했기 때문일 것이다. 오랜 시간 서로에 대한 예의를 갖추었기에, 저렇듯 멋진 조화를 이루어 냈을 것이다. 저 모습이 내 미래이길, 먼 훗날 저 노부부처럼 나도 남편과 함께 멋진 석양을 감상할 수 있기를!

에필로그

열흘 남짓, 길다면 길고 짧다면 짧은 두 번째 미국 혼행
이 끝났다. 나는 즐겁게 낯선 도시를 누볐다. 시애틀 공항 보안 심
사대에서 우리나라 주민등록번호 생성 규칙이 무엇인지까지 설
명하던 일이 가장 먼저 떠오른다. 여행 내내 나는 주요 랜드마크
에서 인증 사진을 찍고 뿌듯해하는 영락없는 관광객이었다. 눈
에 담는다고 말하지만, 남는 것은 사진밖에 없다는 말도 진리다.
눈에만 담아 오기엔 내 기억이 온전하지 않다. 사진을 보며 잊었
던 사람, 풍경, 그리고 그때 내 감정을 끄집어내 펼쳐보곤 한다.
생각보다 일찍 마지막 날이 왔다. 호텔에서 짐을 챙겨 나와 시카
고 강가를 따라 걸었다. 두 시간 뒤 나는 인천행 비행기를 타기
위해 디트로이트로 가야 한다. 나는 시야에 들어오는 풍경을 하

나도 놓치지 않으려고 강가를 천천히 걸었다. '강요된 속도'가 아니라 '나의 속도'로 여행의 마지막을 즐기고 싶었다. 천천히 아주 천천히.

디트로이트 공항에서 인천행 환승 게이트로 걸어가는 순간, 여행이 끝났다. 환상에서 현실로, 일탈에서 일상으로 나는 걸어가고 있었다. 단체 관광객의 한국어 수다가 들린다. 반갑기도 하고, 여행이 끝났다는 걸 환기해주는 알람 같아서 아쉽기도 하다. 이제 곧 긴 비행이 시작된다. 열네 시간 뒤면 비행기가 나를 '일상'이라는 도착지에 정확히 내려줄 것이다. 그리고 나는 '강요된 속도'에 매몰되지 않기 위해 가끔, 미국에서 산 기념품들을 보며 그 거리, 그 바람, 그곳의 나를 떠올릴 것이다. 그렇게 내가 누렸던 자유를 불러낼 것이다.

나는 무서울 정도로 빨리 일상으로 돌아왔다. 겨울이 오고 해가 바뀌어, 아이는 초등학생이 됐다. 나와 아이는 새로운 환경에 적응하느라 꽤 힘든 봄날을 보냈다. 때마침 영화 〈리틀 포레스트〉가 개봉했다. 나는 혼자 영화를 보러 갔다. 영화 대사처럼 "흔들리긴 해도 뽑히지는 않을"만큼 단단히 뿌리를 내릴 수 있는 시간과 공간을 아이에게 주고 싶다는 생각이 들었다. 물론, 말처럼 쉬운 일은 아닐 것이다.

시간은 내달려 뜨거운 여름날을 밀어내고 어느새 가을이 돌아왔다. 시카고 여행 때 입었던 셔츠를 꺼내 입고 집을 나서던 날, 나는 그때 그 옷을 입었다는 이유 하나로 서울 거리에서 미국의 가을 냄새를 맡았다. 적당히 차가운 바람과 견딜 수 있을 만큼 쓸쓸한 마음까지. 나를 찾아 여행을 떠났기에 나는 지금, 나로 돌아올 수 있었다. 이게 행복이라면, 자주, 깊이, 오래 그 행복을 느끼고 싶다.